COLLECTION FOLIO

Yasmine Char

La main de Dieu

Gallimard

Écrivain et dramaturge, Yasmine Char est née au Liban, à Beyrouth-Ouest, d'un père libanais et d'une mère française. Après des études de lettres et des voyages à travers le monde pour des missions humanitaires, elle vit actuellement en Suisse, à Lausanne, où elle gère un théâtre.

À la mémoire de mon père
et aussi
à Thierry, Guillaume et Sébastien

Un matin à dix heures trente, alors que je fumais ma première cigarette à la table d'un bistrot, un homme m'a dit : vous êtes une tueuse. Je n'ai pas su comment le prendre. Cet homme, je ne le connaissais pas. Je ne lui en ai pas voulu. Peut-être parce que je sais, au fond de moi, en dépit de tous les artifices, que mon visage est celui d'une tueuse. Maintenant, avec le recul nécessaire, je pense que cet homme était gonflé. J'aurais pu lui exploser entre les mains. J'ai juste allumé une deuxième cigarette avec le bout incandescent de la première, chose que je ne fais jamais mais, cela, il l'ignorait.

Je croyais avoir oublié l'homme et la cigarette. Oui pour la cigarette, non pour celui qui a dit les mots vrais. La preuve, c'est que, dix ans après, je le vois encore se pencher et chuchoter « vous êtes une tueuse » comme on chuchote un compliment merveilleux qu'on cueille avec délectation parce que le pire, c'est que je l'ai pris comme un compliment merveilleux, ce mot de tueuse. C'était mon laissez-passer pour une vie meilleure. Bravo, je m'en étais bien sortie et ainsi, avec le blanc-seing de ce parfait étranger, je m'en sortirai toujours.

Très tôt dans la vie, j'ai eu ce visage. Les yeux avaient pris la défense du reste. Dans mon pays, les obus se sont mis à pleuvoir si dru, si réguliers, que j'ai pensé que mon corps ne pourrait pas les éviter. Réfugiée dans la baignoire, le chat sur les genoux, je voyais dans le miroir mes traits qui partaient dans tous les sens. La bouche qui dessinait un cercle en défonçant les frontières de la lèvre. Le front qui se couvrait de fissures. Je voyais ma chair se mettre à trembler si fort que je ne me reconnaissais plus. Dans le miroir, j'étais en train de m'évanouir, gommée par l'effroi. À un moment, il y a eu un sursaut. Je ne pense pas que c'était de la dignité, de la rage plutôt. D'un coup, les traits fermes, les joues creuses, les yeux brillants. Le visage de tueuse alors qu'autour mon corps se liquéfiait et la ville s'embrasait.

J'ai quinze ans. Je traverse la ligne de démarcation. C'est comme un film muet, pellicule noir et blanc. Noires les boutiques calcinées, blanc le soleil du Liban. J'imagine que le franctireur est humain. Je marche en souriant pour qu'il ne tire pas. Je prie pour qu'il ait une mère, une sœur ou une fiancée. N'importe quelle image tendre qui puisse s'interposer de manière fulgurante entre lui, l'œil du chasseur, et moi, la tête du chassé.

Je suis la fille unique d'un père abandonné. Mon père n'a pas de projet pour moi, pas d'ambition, aucune attente. Il me regarde vivre. Je crois que ça l'aide à respirer. Je crois parce que je ne suis sûre de rien. À un moment donné, notre existence a basculé si brutalement que ce serait de la bêtise de continuer à croire en quelque chose ou en quelqu'un. Heureusement, la guerre est arrivée à point nommé pour nous distraire du malheur.

J'ai appris, les yeux fermés, à monter et démonter une mitraillette. J'ai appris à écarter la joue lorsque j'appuie sur la détente du lance-roquettes. Je connais le sifflement salvateur de l'obus, celui plus effrayant d'une bombe larguée dans les airs, le cliquetis des chenilles, le martèlement des bottes, les cris rauques de la nuit. Rien de grave.

On a insinué que ma mère s'était enfuie avec un autre homme mais je ne l'ai pas cru. On m'a dit aussi qu'elle ne supportait plus le pays, ses contraintes, cette religion. C'était un mensonge. Ma mère était heureuse. Elle souriait tous les matins en se levant dans la Villa Blanche. Après le petit déjeuner, elle convoquait le personnel qui écoutait les instructions de la *frangiyeh*, la Française. Ensemble, nous découpions des patrons dans les magazines qui venaient de France. Des robes d'une audace folle qu'elle donnait à réaliser dans les souks. Ensemble encore, nous rendions visite à mon père sur les chantiers. Elle prenait le volant. Elle conduisait comme un homme, toujours à savoir où elle allait exactement. Cette fois-ci se précipiter dans les bras de mon père, une autre fois vers la Méditerranée dans laquelle elle m'entraînait jusqu'à perdre pied. « N'aie pas peur, je te tiens ! » Et je serrais fort le cou de cette mère si admirable qui bravait les vagues comme elle bravait quotidiennement les interdits d'une société : avec panache. Une attitude que seuls les gens passionnés peuvent avoir, ou les déments.

À présent, alors que je suis en train d'assembler les morceaux de ma vie d'avant, je perçois cette folie dans l'enfance. La Villa Blanche démesurée aux multiples vérandas, achetée une bouchée de pain au propriétaire, un Libanais rondouillard qui gesticulait en insultant l'État. Cette poignée d'incompétents qui avait construit un asile d'aliénés juste en face de sa propriété, réduisant à néant son espoir de conclure une affaire juteuse. Ma mère avait alors rétorqué doucement « mais il faut bien que les fous aillent quelque part ». Ça lui avait coupé le souffle qu'une femme s'en mêle, qu'elle ne soit pas juste là à servir le café. Je vois qu'en cet instant il a dû la mépriser comme on méprise les fous dans ce pays ou les chiens à qui on jette des pierres. Le soir, ma mère rit avec mon père. Ils se font des grimaces de dégénérés. Entre deux gorgées de whisky, elle hoquette des mots en arabe. Ils hurlent de rire.

J'imagine l'histoire de mon enfance, elle n'existe pas. Il n'y a pas de départ avec une ligne droite. Il y a des taches qui remplacent les pointillés. Une certitude. Je me souviens de cette folie partout dans mon enfance où j'ai grandi : dans la maison blanche, dans le départ de ma mère, dans le chagrin de mon père, dans la guerre. Je me suis trompée. Mon enfance c'est peut-être alors une seule grande tache avec ce fil conducteur qui expliquerait pourquoi elle est partie, pourquoi il se meurt, pourquoi les gens s'assassinent.

Ce visage de tueuse, il a dû se construire autour de ces drames. Il n'est pas apparu soudainement comme je l'ai cru. Ce ne sont pas les bombes qui ont creusé les joues. Le visage était en préparation depuis longtemps, la guerre l'a révélé. Maintenant, je vois clairement. J'étais douée pour encaisser. J'avais en moi la force de ça, de recevoir sans sourciller, avec la grâce d'une fille de quinze ans. Mais je ne savais rien de cette grâce parce qu'on ne m'avait pas appris.

Quinze ans. Toujours avant de traverser la ligne de démarcation, je marque une pause. Ici dans ce no man's land, frontière des deux religions. Cette terre d'aucun homme, sauf moi. Mon père m'a laissée partir ce matin en dépit des cris de la famille qui ne veut plus que j'aille au Lycée français, chez les chrétiens. Comme d'habitude, il m'a accompagnée jusqu'au bas du grand escalier. Il sait que c'est une question de survie. Que le risque de mourir d'une balle ce n'est rien, rien, cette mort foudroyante par rapport à l'agonie des jours heureux. Comme d'habitude, il attend que je disparaisse. Il me suit de son regard, le plus loin possible. Si son regard pouvait percer les décombres, il le ferait. Il se tient debout au milieu de la rue. Sous les yeux aimants du père, je prends mon envol comme une gamine, et la guerre est un jeu, et le futur est roi.

C'est au bout de cette rue, ancienne artère principale de Beyrouth où retentissaient les cris des chauffeurs de bus et des vendeurs de boissons fraîches, appelée Ras el Nabeh, la Tête de la Source. Je reprends mon souffle. Je m'adosse contre un mur et je me laisse glisser doucement. Je me laisse toujours glisser doucement pour me rapetisser encore, même si le danger est passé.

Pour me fondre dans la terre souillée qui recouvre le corps des autres, ceux-là mêmes qui n'ont pas su courir à temps.

Il y a cette image de moi qui tiens le drapeau libanais avec fierté. Petite fille victorieuse, championne de brasse. L'entraîneur veut que je fasse de la compétition. Mes parents disent oui. Ils m'attendent au bar du Touring Club pendant que je nage. Ma mère me glisse des morceaux de sucre dans la bouche, elle m'appelle sa grenouille. Elle est très bronzée, au contraire des femmes d'ici qui se protègent du soleil. C'est sans doute pour ça que mes tantes la détestent, pour cette insouciance à carboniser une peau si blanche, si convoitée. Nous ressemblons à des Bédouins, sans cesse éclaboussés de soleil. J'engrange les victoires pour éloigner le mauvais œil.

À chaque traversée, je pense à cette image avec les autres détruites. Déchirées par les bottes des miliciens qui ont retourné les tiroirs de la Villa Blanche, piétiné le drapeau libanais, puis toutes ensemble brûlées.

Je porte une robe à volants, elle est en étoffe de nylon. C'est une robe d'après, lorsque la famille nous a déjà récupérés. Elle a des manches longues et un col serré. Je n'ai pas besoin de me souvenir précisément de cette robe. Je porte invariablement un unique modèle cousu par ma grand-mère avec sa machine Singer. Je crois que c'est leur interprétation de la mode occidentale : une robe à volants avec des manches longues et un col montant. Pour la pudeur. Ils ont dû se réunir dans le grand salon doré pour discuter de ça, de ce que la petite allait enfin porter de décent. Dans ce grand salon de réception aux persiennes closes, les femmes et les hommes de la famille, sous les portraits des ancêtres ottomans. Douze frères et sœurs d'une fratrie. Moins un, mon père. L'ingénieur plaqué par une Française. Maintenant cloîtré dans sa chambre, malade d'amour, perdu à jamais.

Je me souviens de la couleur de cette robe, un vert tapageur. Impensable pour une tenue sage. Comment ce coupon avait-il atterri chez ma grand-mère ? Avait-elle voulu se débarrasser du tissu qui encombrait son armoire ? J'essaie la robe et je vois que la couleur me rend flamboyante, qu'elle est une évidence pour mon teint mat et mes cheveux noirs. Soudain, je suis une autre. J'enjambe le flou de l'enfance pour entrer dans le domaine du désir, le désir des hommes.

Je suis le plus souvent en bottes. Des bottes militaires pour grimper et courir. Et en pantalon. Ce pantalon qui accompagne les bottes et qui nie la robe, c'est mon idée. Cette hantise de ne pas mourir, là sous les yeux du ciel, le jupon relevé et l'intimité offerte. Au moins si on ne peut se protéger du reste, de la haine, de la violence, du ridicule de cette robe à volants, même verte, même belle, au moins mourir avec dignité. Je vais au lycée dans cette tenue. Loin de la famille, j'enfile le pantalon et les bottes, la robe verte par-dessus. Par tous les climats, je vais : cessez-le-feu, tirs sporadiques, violents combats.

C'était chaque été, à la lisière du champ des oliviers. Ils arrivaient par troupeaux de poules et de chèvres, sales et poussiéreux, les nomades du désert. Ils installaient leurs tentes en bas de la falaise. Les hommes disparaissaient à leurs sombres affaires tandis que les femmes s'activaient. Elles lavaient le linge dans la rivière. Elles soulevaient leurs robes chatoyantes avec des mains couvertes de henné. Elles avaient ce geste de nouer le tissu sur leur taille. Leurs pantalons bouffants s'imprégnaient d'eau. Je les trouvais magnifiques. Ma mère incomparable bien sûr avec ses robes de chez Dior et ses escarpins dorés, mais elles, d'un autre monde. Elles tapaient le linge sur les rochers en se criant leurs histoires, en criant après leurs enfants aux pieds nus. Les tissus claquaient dans le vent, ces assemblages de couleurs insensées qui brodaient l'identité de la tribu. Jamais les nomades ne passaient inaperçus. De loin les bêlements puis les cris et enfin l'explosion de couleurs. Voilà les voleurs d'enfants, les mangeurs de chair fraîche !

C'est ma bonne qui me chuchote ces sornettes à frémir parce qu'elle se fait gronder de ne pas savoir me surveiller. Elle rétorque que je suis intenable, à ne pouvoir rester en place deux secondes. Et moi j'entends que je suis comme ces gens du sable, libre et rebelle, une enfant nomade en devenir, en partance.

Ce jour-là, je suis coiffée à la Jean Seberg. Longtemps je crois que c'est un homme parce que j'ai les cheveux réellement courts. Je ne pose pas de questions malgré ce scandale de plus dans la famille, ces cheveux de fille coupés pour composer l'allure d'un garçon alors que les filles de ma classe ont des nattes de princesses orientales. De longues nattes jusqu'aux reins, lourdes et soyeuses, que les élèves s'amusent à tirer. J'ai les cheveux courts d'une belle Américaine que je n'ai jamais vue, mais ce n'est pas une coquetterie d'actrice. Une manière de faire propre à ma mère et cela m'enchante, déjà à cet âge, d'être en dehors. Après son départ, je me laisserai pousser les cheveux. Drus, désordonnés, en bataille comme l'intérieur de moi. Je laisserai pousser en mesurant son absence, centimètre après centimètre, mois après mois, puis je finirai par couper. Peut-être à l'instant où Jean Seberg monte dans sa Renault blanche pour y mourir, j'ai dit « coupez » pour ne plus avoir à espérer.

Au pied du mur, lorsque je reprends mon souffle, j'ai cette tête voulue par ma mère. La nuque lisse et le visage sans fard. Ça n'existe pas chez nous les filles qui se maquillent. Ça n'est simplement pas envisageable de se farder telle une prostituée. Seulement le jour où l'on rencontre son promis, un cousin par alliance ou un vieillard fortuné, là seulement il est permis de se vendre outrageusement avec l'assentiment de la famille, cette chère maquerelle.

Il n'y a pas de paroles intelligibles, il y a trop de pudeur par ici. Il y a une virginité à préserver coûte que coûte. Aucune explication. Pourquoi ? Comment ? Quand ? Un silence éreintant. Tu te tais et tu te laisses grandir.

Seule Layal dérogeait à cette règle : elle avait couché. Tout le monde le savait, le directeur du lycée, les professeurs, les élèves, les parents. Layal au détour d'un couloir, le corps sublime, libre sous sa robe. Libre les seins lourds d'aller et venir comme l'amant l'après-midi dans sa chambre, chez les parents. Libre la bouche de s'ouvrir et de crier. Sa bouche est rouge et pulpeuse. Sa bouche appelle le plaisir. Je veux poser mes lèvres sur celles de Layal. Je veux qu'elle me raconte pourquoi elle est heureuse d'être une femme, comment est-ce qu'on fait, quand est-ce que ça arrive.

C'est peut-être ce silence qui a provoqué le départ de ma mère. Les gens bruyants, les voitures bruyantes, la ville bruyante et, au plus profond du vacarme, la chape de plomb.

Elle a laissé une lettre d'adieu bien en évidence sur leur lit. Ils ne devaient plus beaucoup se parler parce que mon père a eu l'air surpris. Il était passé me prendre au lycée avec sa voiture étincelante. J'avais demandé : où est Paul, le chauffeur ? Il avait répondu par une pirouette : je ne te suffis pas ? J'avais souri. Je le trouvais très beau. Je savais que ma mère le trouvait trop gentil. Elle disait « trop gentil » et dans l'intonation de sa voix c'était pire qu'une insulte. J'avais prétexté un cahier perdu en classe pour prolonger le moment, pour que le lycée note l'instant où le visage du bel homme s'illumine lorsque sa fille apparaît, puis il descend de la voiture à sa rencontre, se penche pour s'emparer de son cartable et l'enlace en marchant. Nous avions longé la corniche avant de nous arrêter pour manger une glace. Sincèrement, il ne se doutait de rien. Il en a mangé deux, une à la pistache, l'autre à la crème de lait, ensuite il a dit : allons-y mon cœur, ta mère va s'inquiéter. Donc, cet homme entre dans une maison qui respire le malheur mais il a dégusté ses deux parfums de glace préférés en compagnie de sa fille, la prunelle de ses yeux, et sa perception est a priori faussée. Le personnel est absent, c'est normal. Il arrive qu'elle congédie tout le monde en fin de journée. Elle en a marre d'être libanaise, elle veut redevenir française à part entière, sans salamalecs ni chichis. Elle glisse un billet dans la main de la bonne et l'envoie au cinéma. Le jardinier, le portier, le chauffeur, idem. Elle pose un disque d'Aznavour sur le pick-up et s'installe sur le sofa pour rêvasser. Parfois elle s'endort, c'est ce qui a dû se passer. Parfois elle rend visite à la voisine qui lit l'avenir dans le marc de café, autre possibilité. Cette fois-ci, un silence de mort, des armoires béantes et la lettre sur l'édredon qui exige d'être décachetée. Il a ouvert l'enveloppe, a parcouru les mots qui lui sautaient à la gorge, des mots comme des tenailles et il s'est mis à pleurer. J'ai deviné qu'une chose très grave venait de se passer parce que ça ne doit pas être permis un père qui sanglote face à son enfant. J'ai dit « j'ai soif » pour qu'il arrête et comme il ne m'écoutait pas malgré ma demande réitérée, et comme je n'existais plus en dépit de mes doigts qui agrippaient sa veste, je me suis mise moi-même à pleurer.

Ou alors le bruit. Le bruit partout. Du matin au soir, un bruit qui enfle, qui charrie pêle-mêle les viscères d'un peuple hâbleur et les régurgite à la fin du jour pendant que, sans relâche, sans qu'une radio jamais ne s'éteigne, à devenir enragé, s'égrène la voix d'Oum Kalsoum. La diva du monde arabe qui chante l'amour organique : le cœur, le foie, l'œil, le rein. Du vrai amour charnel où tous membres confondus chacun devient le prolongement de l'autre, formant une chaîne fantastique qui danse la debké en frappant d'un même pied (tous lèvent le genou et l'abaissent comme un seul homme) le sol béni du Pays des Cèdres. Et n'importe quelle tentative, après cet amour-là, est mièvre et sans éclat.

Ma mère, son incroyable élégance. Elle est osseuse à la manière des aristocrates, un rien l'habille. Lorsqu'elle se promène dans les rues de la capitale, les gens s'arrêtent et la regardent passer. Les enfants tendent les bras pour toucher l'or de ses cheveux. Ils s'agglutinent autour d'elle et j'ai envie de les mordre pour les tenir à distance. J'ai peur qu'elle se trompe d'enfant, qu'elle en prenne une au hasard d'une boucle brune qui aurait le privilège de humer le parfum de sa peau. Elle est l'incarnation du fantasme d'un peuple de noirauds. Blonde aux yeux clairs. Blonde au sourire poli, avec une distance. On croit que la distance c'est l'écueil de la langue. Elle ne dément pas mais la distance est ailleurs, elle se situe au point de départ du désenchantement. De ce qu'il lui a raconté, de ce qu'elle a imaginé, de ce qui les attendait.

Je n'invente rien, tout est déjà sur la photo. Ils sont là sous mes yeux, debout côte à côte, les bras croisés, la tête détournée. En retrait, il y a un homme avec des lunettes fumées qui vise l'objectif, celui qui m'a offert une poupée qui ferme les yeux en disant oui. C'est l'homme de la discorde. Je ne sais pas qui a pris la photo du désaccord. Possible que ce soit moi puisque je n'y figure pas ou alors la bonne. Une chose est certaine, cette main devait être innocente puisqu'elle agit comme un révélateur. La photo, pièce à conviction. La seule qui ait été épargnée. Je suis punie. Je ne peux pas la déchirer, je ne peux pas l'exposer. Je ne peux que me résigner à conserver une photo que je n'ai pas envie de contempler.

Elle m'étouffe. Elle me couvre de baisers insensés depuis mon réveil jusqu'à l'heure du coucher. Je veux qu'elle arrête, je la déteste. Elle est à battre, à griffer la bouche, à soustraire le corps. J'exige une mère normale, une mère cent pour cent arabe qui roule des boulettes de viande en papotant avec les voisines. Pas cette icône névrosée. Une mère qui sent les épices et le narguilé et qui te pince la joue en guise de fierté. Pas cette héroïne de grand écran qui s'en ira par la petite porte emportant les baisers, mais pas l'enfant. Jamais elles ne se reverront. D'abord le soulagement puis le remords, la culpabilité, l'expiation. N'importe quel terme, ça ressemble à une vomissure sans fin.

Aimer n'intéresse pas l'enfant. Être aimée non plus. Ce qui compte c'est le sens aigu du danger. L'unique palpitation qui rend le moment désirable.

Au bout de la rue se dresse une église, mon raccourci préféré. Un édifice à part, couvert de graffitis obscènes : tantôt Jésus fils de pute, tantôt Mahomet proxénète de harem. C'est selon les mains entre lesquelles elle tombe, une église de sauvages. Au-dessus de la porte fracassée, sur le fronton, on peut lire « À la gloire de Dieu ». À chaque passage, je m'y agenouille pour prier. En mots musulmans parce que je n'ai pas appris autrement, puis j'enjambe les bris de vitraux, je dévale le chemin caillouteux et le lycée me happe.

Dans l'église ce jour-là, près de l'autel, il y a un homme qui me regarde. J'ai l'habitude qu'on me regarde ainsi, le visage et la poitrine, la poitrine et le visage, avec cette question d'avant la naissance : garçon ou fille ? Si je recule, je suis lâche et la lâcheté, ça n'existe pas chez nous. Pour cette raison j'avance sans l'idée de fuir, de supplier ou de courber l'échine, je poursuis simplement mon chemin.

L'homme a plongé la main dans sa poche. La jeune fille pense qu'elle va mourir, qu'elle aurait dû se retourner une dernière fois vers son père. Elle attend que sa vie défile à toute allure, rien ne vient. Peut-être qu'elle n'a pas vécu assez longtemps ou que c'est une astuce, cette histoire consistant à réduire des milliers d'heures à un seul instant, un truc pour nous détourner du néant. Il lui offre une cigarette. Sa main est ornée d'une chevalière mais les ongles sont rongés jusqu'à la peau. Elle secoue la tête, elle ne fume pas. Elle a envie de rire de sa frayeur, elle n'ose pas. Il lui demande ce qu'elle fait là. Elle répond qu'elle va au lycée. Là-bas ? Oui par là. Il lui dit que c'est dangereux. Elle ne répond pas. Alors il lui demande qui elle est. Elle hésite. Elle sait que son nom va déterminer la suite, la classer dans un camp plutôt que dans un autre. Elle biaise. Elle dit qu'elle est la fille de l'ingénieur malade. Il réfléchit. Il dit qu'il a entendu parler de cette histoire, de cet homme qui a perdu la raison par la faute d'une étrangère et maintenant la santé. Il rajoute « dommage » en écrasant sa cigarette. On ne sait pas si c'est dommage pour le père, pour la femme ou la fille, si son pied écrase la cigarette ou l'idée de déchéance, qu'importe, il n'y a pas de mépris dans sa voix. Pour la première fois depuis des mois elle se détend, elle sourit. Il dit qu'elle ressemble à une fille quand elle sourit sinon c'est difficile de deviner. Même sa voix est grave, même sa démarche, il n'arrivait pas à deviner. Elle n'a pas peur d'aller toute seule au lycée ? Elle n'a croisé personne à ce jour. Et les obus ? et les balles perdues ? Elle hausse les épaules, elle se tait, puis elle lui demande ce qu'il fait là, lui. Il dit qu'il est correspondant de guerre, qu'il vient de Paris. Elle tressaille.

Dehors, le soleil chauffe les pierres, les arbres tordus, l'asphalte retourné. Il s'infiltre dans l'église par toutes ses brèches. Plus loin, à vol d'oiseau, il brûle le corps d'une beauté sunnite qui peaufine son bronzage, du réfugié palestinien accablé de misère, du soldat syrien derrière son check point, du maronite qui jure fidélité à sa milice, du Druze suant sur son champ, du chiite revanchard, de l'Israélien force d'occupation. Du nord au sud du Liban, de la Beqaa au littoral, toutes minorités confondues, le soleil frappe. La chaleur est étouffante.

Elle n'ira plus jamais seule au lycée. Il est là qui l'attend à chacun de ses passages. Il lui emboîte le pas naturellement, elle ralentit sa course. Ils avancent côte à côte dans le paysage de désolation comme si la guerre était finie. Et elle se posera toutes sortes de questions. Elle sera là à soupeser le bien et le mal, le bien d'être avec cet étranger et le mal de mentir à son père, à regretter sa solitude, ses jeux innocents, à ne pouvoir se résoudre à fermer la porte de son enfance même pourrie, de l'enfance qui ne reviendra plus.

Dès qu'il a dit « correspondant de guerre », elle estime que ce n'est pas normal de se poser dans le camp de la mort alors qu'ailleurs, il y a la vie. Il parle un arabe parfait, seul le roulement du *r* trahit son origine. Elle lui demande de parler en français, c'est envoûtant cette voix qui relate une vie d'aventures dans des villes aux noms de rêve. Des paroles qui se détachent lentement au rythme de l'inconnu en habits sombres. Bel homme, la quarantaine environ. Des mots justes. Dangereux, sans aucun doute.

Ça s'est passé un mardi matin. Il l'a attendue tous les jours à la limite de la ligne de démarcation et puis, cette fois, il est venu la chercher au bout de la rue. Il l'avait avertie la veille. Il lui avait demandé si ça ne la gênait pas de rater le lycée. Il avait dit : j'aimerais t'emmener quelque part. Elle était d'accord. Elle a sauté dans la jeep pour lui montrer qu'elle n'avait pas peur. Il lui a tendu une veste militaire pour qu'elle l'enfile.

C'est dans la banlieue de Beyrouth, un camp de réfugiés qui habitent des taudis sans lumière, à un kilomètre à peine du club le plus huppé de la capitale où elle a ses habitudes. Elle en a entendu parler mais a toujours été tenue à l'écart de ces histoires. Par la volonté de sa famille, son existence n'a fait que se rétrécir jusqu'à se contenter du besoin animal de manger, de dormir, en attendant que la guerre prenne fin. Un seul mot d'ordre : surtout ne pas s'en mêler. Et maintenant, elle est au cœur du problème. Elle enjambe des montagnes de détritus, elle accroche les doigts de gamins dépenaillés qui sont accourus vers eux. Elle est attentive aux visages las des femmes, à celui des hommes hagards qui ont failli à leur mission première, celle de protéger leur famille. Ces hommes qui fixent l'horizon au-delà des tôles ondulées avec l'idée têtue de partir et de vivre n'importe où sauf ici. Seules couleurs dans cette grisaille : les portraits de martyrs et les affiches de propagande. Si son oncle la voyait, il la tuerait sur-le-champ. Son sang irait enrichir les égouts qui sèchent à ciel ouvert. L'odeur est infecte.

Je veux les aider. Il me demande si je dis ça pour lui faire plaisir. Je réponds que non. Il a l'air heureux. Nous longeons le bord de mer. La brise transporte les mélodies des transistors, l'odeur de la viande rôtie, du poulet grillé, du café, la poussière, le sel de la mer, le jasmin. La ville tout entière est dans cette brise et c'est pourquoi les villes occidentales sont muettes, sans effluves de mer pour recueillir leurs émotions. Nous sommes bloqués dans un embouteillage monstrueux, cernés par les klaxons. Le feu rouge ne compte plus, c'est à qui passera le premier et nous sommes au milieu, ni les premiers ni les derniers, au centre d'un écheveau dont il faut tirer le bon fil.

Je veux les aider comme j'aurais envie de tendre la main à n'importe quelle personne en détresse. Si c'était chez les chrétiens, ce serait des réfugiés chrétiens. Et l'Israélien ? Pas pour le moment. Trop d'épaisseur de murs entre leurs bombes et ma cave. L'Israélien retranché derrière ses Ray-Ban de voyou tandis que nous, à visage découvert, obligés de s'avancer vers le barrage et de constater, en levant les yeux vers le soldat méprisant, notre soumission dans le reflet des verres fumés. Pas de pardon, je n'y crois pas, mais l'oubli, un jour, pour alléger la mémoire et accepter que le juif soit aussi dans le désarroi et être ainsi capable de lui tendre la main.

Il me dit : tu pourrais si tu veux. Tous les champs possibles sont offerts. Ça sonne comme la mélodie du bonheur.

Des silhouettes habiles se faufilent entre les voitures pour vanter leurs marchandises. Il a hélé un vendeur de fleurs. Il tend une pièce en échange d'un rectangle de journal mouillé qu'il se met à dérouler. Il me dit : c'est pour toi. Je ne l'ai jamais côtoyé de si près, aussi immobile. Je voudrais qu'il me passe le collier de fleurs autour du cou, ça me ferait du bien d'appartenir à quelqu'un durant un instant. Il pose le collier sur la boîte à gants. Je ne bronche pas. Je dis : je n'aime pas ces fleurs, elles se fanent vite. Est-ce qu'il a entendu ? Est-ce qu'il voit mes doigts détacher une petite fleur et l'enfoncer au fond de ma poche ? Il ne semble pas. Le changement de vitesse s'effectue en douceur. Il dit juste : tu vas être en retard si on ne bouge pas. La jeep grimpe sur le trottoir pour rejoindre la plage. Nous roulons à tombeau ouvert à travers les dunes. Il est concentré comme un tueur. Ça m'effleure une seconde l'image de tueur qui aligne paisiblement sa cible puis je l'évacue. Je me mets debout dans la jeep, je chante à tue-tête. Je fais quelque chose d'insensé, je me saisis de son pistolet et je le brandis bien haut. Je crois que j'en rêvais depuis longtemps, serrer une arme qui me protège. Il sourit. Il dit : rends-moi cette arme, espèce de sauvageonne. La voiture s'est enfoncée dans la ville et ses ruelles tortueuses, tournant le dos à la mer. À nouveau, la ligne de démarcation et son silence accablant. Nous y sommes, je descends de la voiture et je dis : merci pour la promenade. Phrase idiote d'enfant polie. Sur le point de disparaître, je me ravise. Je cours vers la voiture, je dis : j'ai oublié quelque chose. Je prends le collier de jasmin et je le passe à son cou. Tu peux te le garder ton collier à deux piastres, j'ajoute d'un ton bravache, et je pars en courant.

Il a dit espèce de sauvageonne. Elle cherche le ton juste, elle grossit sa voix pour le singer lorsqu'il dit : espèce de sauvageonne. Elle n'est donc pas n'importe qui à ses yeux. Tout à l'heure, elle feuillettera le dictionnaire pour connaître le sens exact de « espèce » et de « sauvageonne ». Elle se plantera devant le miroir pour scruter « l'enfant qui a grandi sans éducation, comme un petit animal ». L'image lui plaît alors que, si elle le souhaite, elle peut devenir charmante avec des manières tout à fait convenables mais ce n'est pas à son goût. Elle répète sauvageonne en dérangeant ses boucles folles. Elle s'imprègne de cette expression, de la désignation de l'autre qui la sort de l'anonymat, qui la place au milieu de sa personnalité, ni enfant abandonnée ni orpheline, juste au milieu où doit être sa place, jamais plus ballottée, enfin prise en considération.

On raconte que Layal a des problèmes avec les parents de son fiancé qui refusent le mariage avec une femme déflorée. La relation avait été tolérée parce qu'il est communément admis qu'un jeune homme de bonne famille fasse ses armes. Dans mon pays, les rapports d'amour sont semblables à la guerre : partout s'introduire et saccager. Au lycée, les couloirs bruissent de chuchotements sur son passage. Layal, un peu pâle, toujours belle. Son fiancé a rejoint un groupe de garçons stupides et ricaneurs. Il évite de la croiser. Elle est assise sur un banc en attendant la cloche, désirable et délaissée. Je vais poser mon cartable et aller lui parler.

La maison familiale ressemble à une forteresse aux persiennes condamnées. Rien ne filtre à l'extérieur. Des drames se nouent entre les quatre murs, de hauts murs rongés par l'humidité. Jamais une plainte, un sanglot. Jamais partager un sentiment. En toute circonstance la tête haute, un cran au-dessus. Les pires choses se passent à l'intérieur, des haines fraternelles, des gifles, des viols. Ma grand-mère écartelée au sens figuré de la mère qui souffre, dans la réalité, clouée dans son lit, obèse à ne plus pouvoir se mouvoir. Trop remplie par l'horreur de cette famille agitée, se bourrant de sucreries en catimini, soudoyant l'enfant pour qu'elle lui achète des bonbons qu'elle dissimule dans ses draps. Une fois par semaine, on porte la grand-mère pour aérer la literie. Il pleut des bonbons sur le sol en marbre précieux. On la rabroue, elle crie qu'on la laisse tranquille, qu'elle ne veut plus les voir. Libre de vivre ou de mourir à sa guise. Elle est hors d'elle, le chignon dénoué. Elle les traite de fainéants qu'elle déshérite sur-le-champ, de traîne-savates, les insultes ne sont pas assez dures. L'heure qui suit, redevenue impériale, trônant dans son lit immaculé, elle rajuste son voile de veuve avant de faire entrer la première visite de la journée. *Al salam aleikoum*, que la paix soit avec toi, je l'entends chanter les louanges de ses enfants pendant qu'elle sirote son café à la cardamome. L'incohérence totale. Nous sommes tous frappés par cette loi du silence, des handicapés du sentiment. Tellement forts de l'extérieur, fissurés de dedans, regroupés autour de la reine mère, un amas de pierre.

Quand mon père est tombé, les lézardes sont devenues brèches puis gouffre béant. Il était perdu. Ce n'est pas qu'il ne voulût pas s'en sortir, il ne savait pas comment faire. Il s'est mis à boire plus que de raison et à fumer aussi. Des gitanes sans filtre qui empuantissaient le studio dans lequel on l'avait installé, là-haut, perché sur les toits. Au plus fort des bombardements, il refusait de descendre à la cave. Il sortait sur le balcon enveloppé dans son vieux peignoir rouge pour suivre la trajectoire des balles traçantes au risque de sa vie. Il s'était transformé, bien malgré lui, en héros du désespoir.

J'ai poussé le portail de la maison et j'ai gravi les marches quatre à quatre jusqu'au studio. Mon père est allongé dans son lit, un livre à la main. Je me précipite à son chevet pour baiser son front. Je suis surexcitée. Je parle, parle de l'adolescence ingrate, de nobles aspirations. Je le remercie de me laisser fréquenter le Lycée français, vital pour moi, plus essentiel que ce trousseau de mariage à broder, des points de croix à vous crucifier le cerveau ; d'abord je ne veux pas d'un mariage arrangé ! Mon cousin : un vrai pou ! Qu'on me laisse tranquille ! Qu'on arrête de me gaver pour me rendre appétissante ! Mon corps m'appartient, maigre parce qu'il a absorbé ce malheur-là, cette mère indigne et ce père malade. Toi, le père, tu ne me laisseras pas tomber, tu n'as pas le droit. Bientôt, tu guériras. On louera une villa à Nice en attendant la fin de la guerre, une grande maison claire ornée de lauriers-roses. On organisera des réceptions avec des gens très bronzés et très heureux. Sur le carton d'invitation, j'écrirai que les rabat-joie sont exclus. Tu recommenceras à rire. Peut-être qu'elle reviendra quand elle entendra parler de ce bonheur triomphal, je dis avec ma voix qui tremble et mes larmes se mettent à couler.

Il n'a pas osé me l'annoncer. C'est ma tante qui s'en charge. Pas la brune, la fausse blonde qui se rêve en artiste. J'ai omis de préciser, ils sont quatre : une grand-mère, deux tantes et un oncle. C'est beaucoup, quatre adultes désœuvrés pour éduquer une gamine. Elle dit : à partir de la semaine prochaine, tu auras un professeur de Coran, et elle claque la porte.

Quinze ans. J'enseigne l'anglais à une classe d'enfants palestiniens. Ils ont le respect des pauvres. Ils se lèvent à mon arrivée et ils attendent mon signal pour se rasseoir. Pas un bruit. Ils sont suspendus à mes lèvres, aux péripéties de la « famille Smith » qui a perdu son chien. Que va-t-il devenir ? Va-t-il mourir de faim ? Un enfant lève le doigt, il dit : en Angleterre, les animaux ont plus de valeur que nous. Je rétorque : pas de politique en classe. L'élève crache par terre et sort. Je ne pense pas que ce soit une bonne idée de cracher et de sortir. Marquer son mépris et déserter. Trop facile. Plus difficile, marquer son mépris et rester en place. Cracher et rester. Affronter l'ennemi répugnant mais ancrer ses pieds dans la terre. Rester. Décréter que cette terre nous appartient. Ne plus bouger. Regarde autour de toi, qui se souvient des envahisseurs ? Reviens s'il te plaît. Crache et reste ! Fais-moi reculer et retrouve ta dignité. Vas-y ! Mange ma volonté.

Mon professeur de Coran coiffe des ailes de corbeau qui se rejoignent au-dessus des paupières. Des paupières baissées sur des yeux qui ignorent délibérément le sexe opposé. Il fixe la table ou le mur, au-delà de l'horizon, n'importe quel point. Il a une aptitude étonnante à me rendre transparente alors que ses mots sont forts et me troublent. Je ne comprends pas qu'il ne veuille pas me reconnaître alors que Dieu l'a éclairé, en principe, qu'il lui a inspiré la mansuétude. Un vendredi, après avoir récité ma prière, je pose la main sur la sienne. Il la retire comme mordu par un serpent en étouffant un juron, puis il crache et il sort.

Mais j'oublie de parler du bonheur. Celui d'être entourée de femmes palestiniennes qui préparent le repas de midi. Elles m'appellent « garçon manqué ». Dans leur bouche, ce n'est pas méchant. Tendre, le sourire du jeune combattant qui noue le foulard de la révolution autour de mon cou. Le combattant, il n'a plus l'usage de ses jambes. Il me promet de veiller sur moi. Sami, c'est son nom. Je prie pour lui pendant la nuit sacrée du ramadan. Je me pelotonne dans une couverture sur le balcon de mon père en attendant que le miracle des Écritures se produise et que mon ange gardien retrouve l'usage de ses jambes. Mon père se moque gentiment de moi. Il me sert du thé et des biscuits. Il m'accompagne jusqu'à l'aube en grillant cigarette sur cigarette. C'est comme ça que j'ai commencé à fumer, par solidarité, pour avoir n'importe quoi à partager avec lui. Très vite, par solidarité aussi, j'accepterai de manier une arme. Ou par amour ? À l'époque je ne savais pas, j'étais simplement heureuse de recevoir mon premier cadeau de femme. Une boîte en velours sombre ornée d'un ruban doré. J'ai défait le nœud en retenant mon souffle. Je souhaitais que ce premier cadeau soit extraordinaire, différent de tous ceux qui viendraient par la suite, les parfums, bijoux ou autres. Au fond de l'écrin moiré, il y avait ce revolver qui brillait, couleur argent avec mes initiales gravées. Je l'ai pris dans ma main. Comment expliquer ? C'était ça le bonheur aussi, posséder enfin quelque chose qui puisse se plier à ma volonté, sans risque de défection, un doudou des temps modernes en quelque sorte.

Même lorsque je vais à la plage, je n'arrive pas à m'en défaire. Même à l'école, même quand mon oncle clame qu'il est temps de me voiler, je reste impassible, de marbre, chauffée de l'intérieur comme le fer-blanc. Dans l'imaginaire, je sors le pistolet tiède et je lui troue le front avec une balle. Il devient fou parce qu'il perçoit dans mes yeux qu'il n'existe pas, broyé en poussière, du vent. Il se rend bien compte qu'il ne m'atteint pas, alors il lève le bras, la main prête à s'abattre. Je l'intercepte avant que l'irréversible ne se produise, une grande tache écarlate au milieu du front ridé. Je dis : n'essaie pas sinon je te tue. Je le dis d'un ton vrai, sans tricherie. Apeuré, il recule. Il bat en retraite en continuant à me gifler de sa colère, à me zébrer le cœur parce que cet oncle-là, lorsque j'étais petite, m'emmenait dans sa belle Cadillac et m'appelait sa princesse et maintenant, par la disgrâce de ce corps qui a grandi, déchue en une moins que rien. Le néant du néant, c'est irréfutable. J'ai la tête qui éclate.

D'abord, je n'ai pas l'autorisation de tirer. J'ai le droit de toucher, de démonter, d'huiler, de viser, mais pas de tirer. De porter l'arme à ma guise, d'essayer des postures, de simuler un combat, de ramper quand il dit rampe. Plus légère qu'un souffle, je rampe, je saute, je roule. Je suis bien dans mes mouvements, tout est fluide, un geste qui s'enchaîne après l'autre avec sa voix qui lance des ordres et puis qui se tait, admirative de la performance. Mais ça, il ne l'avouera jamais, tout juste une lueur dans le regard. Rampe, saute, roule ! Je me suis plantée devant lui, légèrement haletante. Je ne devais pas poser cette question, ça ne me regardait pas ou j'aurais dû attendre d'être plus forte pour la poser. J'ai dit : journaliste de guerre, c'est une bonne planque non ? Il a laissé planer un silence pendant que je grattais la terre de ma botte. Il a répondu : ça dépend, en période d'accalmie oui, sinon c'est l'enfer.

Le lendemain, la trêve entre les deux partis était rompue. Il suffit de peu de choses, d'un échange d'insultes, d'une balle perdue, d'un obus malencontreusement tiré pour que les esprits s'échauffent. Le franc-tireur arrosait la ligne de démarcation nuit et jour, sans relâche. Je n'ai pas pu m'empêcher de penser que ma question était à l'origine de cette dégradation. Quel est le prix de la curiosité ? Quand tu chatouilles le diable, il t'envoie ses démons.

Rien ne pouvait m'empêcher d'aller au Coral Beach. Il fallait que ce soit très grave pour que j'y renonce. La guerre n'était pas assez grave puisque le club était ouvert et les garçons de plage continuaient à servir des boissons autour de la piscine. Bien sûr, nous entendions le sifflement des balles mais les murs nous protégeaient. Bien sûr, le quartier général des Américains venait de s'écrouler mais ce qui avait sauté n'exploserait plus, les cadavres pouvaient reposer en paix, c'est ailleurs qu'il faudrait enterrer de nouveaux morts. La dislocation s'effectuait de manière continue, morceau par morceau, toujours en avant comme une maladie qui se propage. Lorsque les cuirassés israéliens ont bombardé Beyrouth, le Coral Beach a fermé. Uniquement à cette occasion, sinon, le reste du temps, tassés dans la boîte de nuit, nous dansions sur les tables. Les parents étaient soulagés de nous savoir à l'abri sous terre, plutôt là que dans la rue, dansant jusqu'à l'aube, jusqu'à ce que les combattants aillent se coucher et nous, pareils aux combattants, à déposer les armes et nous endormir. Moi je n'avais personne à contacter ou à rassurer, le téléphone pouvait sonner sans répit, mon père était plongé dans ses rêves de somnifères. Moi et mon pistolet, allongée dans la cabine de plage. Je pensais : que fais-tu ici ? que fais-tu pour sauver ton pays ? n'as-tu pas honte ? Mille noirceurs qui ne

41

remettaient pas en cause ce travers de riche, je veux parler de cette manie de parader en maillots siglés ou cette particularité de dialoguer en trois langues pour situer le niveau social. Nous avions ça dans nos gènes, ce besoin de paraître, plus fort que l'essentiel, plus fort que la guerre, qui faisait s'extasier les Occidentaux sur notre joie de vivre. Tu parles ! Encore aurait-il fallu ausculter le pouls du plus pauvre et peut-être seulement, à l'aune de sa souffrance, on aurait pu noter le déclin irrémédiable du peuple rieur.

J'avais encore besoin de ça pour exister, d'être reconnue par mes pairs. C'était un reste tenace de fidélité à l'ancien temps, la loyauté d'une fille, gluante, indécrottable. Le maître d'hôtel me racontait des histoires fascinantes. Il avait admiré ma mère alors j'écoutais le maître d'hôtel au lieu de le renvoyer à son rang. Je mangeais mon sandwich presque nue sous ses yeux pendant que son regard s'attardait sur les minuscules triangles qui couvraient mes seins et mon sexe. Le maître d'hôtel n'était pas un homme, c'était un maître d'hôtel et, pour cette raison, je le laissais me détailler pendant qu'il déversait son flot de paroles. La veille, un riche Beyrouthin avait couvert de pétales de roses la piscine pour le mariage de sa fille. Il avait donné l'ordre de construire un pont au-dessus de la piscine, pont que les époux avaient traversé juchés sur un étalon. La fête avait été somptueuse. Pendant la nuit, le maître d'hôtel avait entendu un hurlement. Il avait couru vers le hurlement jusqu'à ce que celui-ci s'évanouisse, noyé dans l'obscurité. À l'aube, on avait commencé à nettoyer la piscine, pétale après pétale. Alors un employé avait crié. Dans son épuisette, il avait repêché une main, une belle main d'homme tranchée net, à hauteur du poignet. Et puis ? Et puis rien, ils avaient continué de nettoyer la piscine pour que tout soit en ordre. J'avais fini mon sandwich. Je me levai pour me débarrasser des miettes, je tremblais un peu. Ce matin, j'avais nagé dans l'eau bleue. Je me forçai à rire : alors comme ça, pas d'explication, fini ? Il s'est penché pour prendre l'assiette : petite, il ne faut pas gratter là où ça fait mal, on dirait ta mère. Il s'éloigne avec son plateau, sa silhouette rabougrie transpirant sous la lumière blanche. Personne ne lui propose de s'asseoir. Je crois qu'il n'accepterait pas. Je crois qu'il le prendrait comme une insulte qu'on puisse imaginer qu'il est fatigué. Il trotte à l'image du lapin d'Alice, coqueluche des enfants gâtés que nous sommes, réclamant une histoire, tapant du pied pour qu'elle finisse bien avant de tourner la page.

Ce sont les fables de guerre. Comment naissent-elles ? Je ne sais pas. On entend des choses terribles, plus terribles qu'une vulgaire amputation, des choses qui longtemps après travaillent l'imagination et empêchent de dormir. Je rends visite à ma grand-mère lorsque le sommeil peine à venir. Je me glisse jusqu'à sa chambre, éclairée par l'écran allumé de la télévision. Elle a dénoué sa longue natte blanche et ses cheveux, opulents, encadrant son visage fin, me laissent entrevoir la belle femme qu'elle a dû être. Elle ne dort plus depuis son opération, depuis qu'on a mis une boîte dans son cœur pour l'encourager à battre, elle craint que la batterie ne lâche. Elle est adossée à ses coussins, cent vingt kilos de chair qui se délectent des feuilletons égyptiens diffusés par les chaînes arabes. Le scénario est toujours identique, une histoire d'amour contrariée et puis l'amour qui triomphe. Elle me fait une place dans son lit, ça sent l'eau de Cologne et le talc. Elle me tend un bonbon en ne quittant pas l'écran des yeux : mange, ça t'aidera à dormir. *Légende urbaine : le perroquet du Commodore qui imite les sifflements d'obus.* Croque un bonbon et zappe. À la télévision, l'amour est sur le point de triompher. L'amant niais est en train d'annoncer une merveilleuse nouvelle à sa fiancée. *Légende urbaine : le citoyen calfeutré dans sa maison qu'on retrouve dans sa baignoire, mort d'une balle perdue.* Les futurs époux s'étreignent pendant qu'un orchestre se met à jouer. Ma grand-mère me parle doucement : il faudra bientôt te marier toi aussi. Je hausse les épaules, je ris. Je dis : je ne veux pas me marier, ça ne m'intéresse pas. Elle dit : tu veux rester vieille fille ? Je réponds : je veux d'abord finir mes études, on verra après. Elle me regarde longtemps. Elle dit : à notre époque c'était plus simple, on obéissait sans discuter et on s'efforçait d'être heureux avec ce qu'on nous donnait. Ce n'était pas évident, c'est peut-être toi qui as raison. Elle repousse le drap et elle dit une chose inoubliable : si tu ne veux pas te marier, ne te marie pas. Si tu veux être une prostituée, sois une prostituée mais la meilleure. Vise toujours l'excellence.

C'était un soir d'accalmie. Elle somnolait devant l'écran, les fenêtres grandes ouvertes pour rafraîchir la pièce. Les tantes étaient sorties, elle était seule. Sa petite-fille l'avait rejointe dans son lit et elle avait eu envie d'être gentille. Les jours suivants, l'état de mon père allait s'aggraver brusquement. Je me suis endormie dans son lit.

Les adultes ne nous expliquaient pas la guerre. Ils auraient pu nous faire asseoir et expliquer : voilà ce qui se passe dans votre pays, voilà les enjeux. Étaient-ils eux-mêmes dépassés par les événements ? Je devinais l'importance des nouvelles au volume de la radio. Lorsque le car de réfugiés palestiniens a été attaqué par les phalanges chrétiennes le 13 avril 1975, la capitale s'est transformée en poste de radio géant. L'information se relayait de fenêtre en fenêtre, de quartier en quartier. Elle devenait un gros nuage noir au-dessus de nos têtes, prenant la forme monstrueuse d'un cauchemar. Un abcès nourri des pires appréhensions qui ne tarderait pas à se vider sur la ville. Quand je pense au Liban, je vois un homme qui se soulage. L'individu a de multiples nationalités, il a le visage de l'Orient et de l'Occident, il n'est pas chez lui et, de ce fait, il se comporte en voyou. Il décharge sa haine, il remonte sa braguette et il s'en va.

Ma mère rentre en France le 15 avril 1975. Elle profite de l'émotion générale pour plier bagage. Elle dépose son mot sur le guéridon à côté du bouquet de mimosa puis elle se ravise. Elle craint qu'un courant d'air ne l'emporte. En bas, ça klaxonne. Un homme avec des lunettes fumées au volant d'une voiture de fonction. Il est épris de cette femme. Il veut l'emmener sur son île pour la chérir. Il tâte sa poche pour s'assurer que les billets d'avion sont bien là. Sa poche intérieure recèle l'autre réservation, une cabine sur le paquebot, aller simple pour l'île. Ma mère se dirige une dernière fois vers la chambre, elle pose l'enveloppe sur le lit et sort. Elle dévale les escaliers et s'engouffre dans la voiture. La Peugeot démarre sur les chapeaux de roue. Cette femme ne se retourne pas. Elle est persuadée que le bonheur l'attend. Elle est encore dans la conviction qu'il suffit simplement de tirer un trait sur le passé pour refaire sa vie. Elle ne voit pas le linge qui ondule sur le toit de la Villa Blanche. Dans la cour, le chat est étendu sur la margelle du bassin. Les oiseaux pépient gaiement. Le jardin est nimbé dans une lumière de cristal. La maison aussi, légère, rieuse. Une voisine fait claquer ses babouches et hèle la femme absente pour la convier à boire le café. Un pur instant de printemps.

Elle n'a rien emporté. Les armoires béantes, remplies à ras bord d'habits, de foulards, de chapeaux, de chaussures. Tout s'est terminé ce jour-là. Mon père a essuyé son visage à plusieurs reprises, lissant sa peine avec ses deux mains à l'instar des vieillards d'ici qui répètent la gestuelle de prière : passer les mains sur le visage, chasser l'impureté, refermer le livre. Il ordonne : prends tout, et il se précipite à l'extérieur.

Je l'ai fait parce que j'ai pensé qu'il ne reviendrait jamais si à son retour elle était présente de cette façon précise, ce passé abandonné sans scrupule, ces armoires pleines qui lui signifiaient sèchement son congé. J'ai composé le numéro de téléphone de l'asile de fous, les sept chiffres rouges imprimés sur l'ambulance qui passe devant la villa. Depuis que j'ai l'âge de lire, ma bonne dit toujours : évite l'ambulance, si tu croises le regard d'un fou, tu le deviens à ton tour. Ils ont accepté de prendre les habits. Ils se fichaient de l'histoire. Ils ont rempli des sacs, les armoires ont été vidées en moins d'une heure. Je leur ai demandé ce qui allait advenir de ces affaires, ils n'ont pas su me répondre. C'est fini, je ne veux plus m'intéresser à cette femme. Maintenant, je dois la quitter comme elle vient de me quitter. Je dois l'oublier parce qu'elle ne m'a pas aimée. Tant pis si les fous enfilent ses robes et gesticulent, je reste derrière la vitre. À présent, je vais m'endormir et quand je me réveillerai, je ferai partie d'un monde nouveau.

Je me suis endormie mais le monde n'a pas changé. Le monde de mon réveil était à l'image du chagrin de mon père, noir et silencieux. Je l'ai vu tout à coup dans ses habits froissés. Il était assis, il fumait. Entre deux bouffées de cigarette, il buvait du whisky au goulot. Il m'a dit qu'il allait partir à sa recherche. Il m'a montré une petite valise. Est-ce que je voulais venir ? Je pense que cet homme est perdu. Je ne peux pas l'abandonner. Cet homme est capable de disparaître, d'être englouti par le chagrin. Je dis : j'arrive, je vais me laver. Et parce qu'il a besoin d'entendre des mots de réconfort, même s'ils relèvent du mensonge, des mots qui l'aident à se tenir debout, je dis encore : ne t'inquiète pas, je vais la retrouver.

Aéroport de Paris, gare de Lyon, gare du Nord, aéroport de Nice, le matin on se réveillait et on se lançait. Mon père sortait la photo de ma mère, il questionnait les gens qui secouaient la tête d'un air désolé. Je n'osais pas demander à mon père ce qu'il comptait faire s'il la retrouvait. Je ne comprenais pas son acharnement.

J'aurais voulu lui dire des choses simples, des choses qui me semblaient pleines de bon sens à savoir qu'on ne peut pas obliger une personne à revenir, que de toute manière cela finirait en disputes et même en bagarres et qu'elle aurait le dessus parce qu'elle était la plus forte et lui trop gentil. Au contraire, je me taisais. J'adoptais un air digne pendant qu'il interrogeait les réceptionnistes, les chauffeurs, les boutiquiers, ce monde qui grouillait dans ces lieux de passage. Les gens essayaient d'être agréables, ils finissaient toujours par se tourner vers moi en disant quel beau garçon vous avez, quelle chance, sous-entendu que la vie continuait et qu'elle ne devait pas se pétrifier comme le sourire de la belle inconnue sur la photo. Alors mon père sursautait parce qu'il se souvenait de ma présence. Il m'entraînait dans un café pour me nourrir, il voulait savoir si je ne m'ennuyais pas trop. Il répétait : c'est bientôt fini, je sens qu'elle n'est pas loin. Mais cela, il le disait à toute heure de la journée pour se donner du courage. J'ai imaginé qu'on ne s'arrêterait jamais, que cet homme était capable de s'obstiner jusqu'à ce que la photo jaunisse parce qu'il ne supporterait pas un deuxième échec. Je me suis assise sur un nuage à côté de Dieu et j'ai compris que ça n'en valait pas la peine. C'est la main de l'ange qui a subtilisé la photo. Un concours de circonstances inouï, la photo maudite entre mes doigts. Je crève l'œil de l'icône, je lui dessine une paire de moustaches et une grosse verrue sur le front. Après, je déchire la photo, je la mâche et l'avale. Je sors cette femme des tripes de mon père, c'est le seul moyen. Je n'enfonce pas des aiguilles sur un corps inerte, je mâche longuement avec beaucoup de salive pour diluer l'encre. Je mastique l'absence au goût amer puis je bois une gorgée de limonade qui pétille. Le goût qui l'emporte, c'est la limonade qui pétille. Nous rentrons à la maison le lendemain.

Je l'ai appris par la voisine. Elle est allée vivre avec son amant sur l'île. Elle croyait qu'elle y vivrait un temps et qu'elle voyagerait beaucoup, elle n'en a plus bougé. Un mauvais concours de circonstances. Elle se retrouve piégée sur une île envahie l'été par les touristes, l'hiver une étendue de terre abandonnée. Elle est restée jusqu'à la fin parce qu'elle ne savait pas où aller, elle n'avait plus personne. La voisine me transmettait ces lettres que j'entassais sans jamais les ouvrir. J'ai rempli une valise de ces lettres qui portaient toutes le timbre de la République française et puis les lettres se sont espacées, puis les mots se sont tus. Durant la guerre, la valise a été ensevelie sous les gravats de notre maison détruite. Longtemps après, lorsque la paix aura été signée, des bulldozers évacueront les gravats. Un parking flambant neuf sera érigé sur les décombres de la Villa Blanche. En face, l'asile de fous sera transformé en hôtel cinq étoiles avec centre de bien-être et vue imprenable sur les pinèdes.

Enfin, l'homme est d'accord. Il se tient derrière elle, il referme les bras sur les siens, il colle sa joue contre la sienne puis, quand il juge que c'est le bon moment, il donne l'ordre de tirer. Il retire lentement ses bras. Il va vérifier la cible et il revient vers elle. Il l'enlace de nouveau. Il dit que bientôt elle n'aura plus besoin de ses conseils, qu'elle est douée pour tirer comme d'autres sont doués, par exemple, pour la musique ou la peinture. Il lui demande à quoi elle réfléchit quand elle tire. Elle ne réfléchit pas. Elle tire juste parce qu'elle est euphorique. Son bonheur se manifeste de cette façon, de même le malheur pourrait s'exprimer par ce biais. Pas de pensée particulière. Il dit : si tu ne réfléchis pas, tu peux alors tirer sur un homme sans problème. Elle répond qu'elle ne sait pas, que l'occasion ne s'est jamais présentée. Elle lui dit qu'elle serait sans doute capable de tirer si elle était vraiment en colère, qu'elle ne doit pas être différente des autres, à commencer par lui. Avait-il déjà éliminé quelqu'un de sang-froid ? Elle se relève parce qu'elle doit aller à l'école. Elle dit : il faut que j'y aille. Elle esquisse un pas de danse en vidant son chargeur sur la cible, en plein cœur les trois coups qui restent, et elle s'éloigne comme si de rien n'était.

L'homme sourit. Il regarde la petite s'éloigner. Il saisit une cigarette pendant que le tissu vert virevolte entre les ruines. Il l'allume et inhale une bouffée en surveillant le cheminement de l'écolière. Il continue de sourire.

Cela se passe dans les plantations de bananes. Pour s'y rendre, il faut quitter Beyrouth et longer la côte durant trente minutes. Il faut quitter la mer viciée par les déchets et s'échapper vers le sud, rouler attentivement pour éviter les ornières, montrer patte blanche en franchissant les nombreux barrages. Il ne faut pas avoir peur. Après le virage, là où la route forme une espèce de coude, le scintillement de la mer fait plisser les yeux. Les plantations de bananes s'étalent à perte de vue. Un souffle léger joue avec les feuilles des bananiers. En apparence, pas âme qui vive. Si on tend l'oreille, par vagues légères, des bruits de voix. La camionnette oblique brusquement à droite et s'enfonce dans un chemin caillouteux, soulevant un nuage de poussière blanche. Les cahots font rire ses occupants, trois garçons et une fille. Ils sont si jeunes que n'importe quel observateur pourrait se tromper et imaginer que la troupe rejoint une colonie de vacances. On le lui souhaiterait. On le souhaiterait aux parents qui confient leur progéniture avec un serrement de cœur. Le parent craint toujours le pire, c'est un réflexe pour conjurer le mauvais sort parce qu'il veut le meilleur pour son enfant. C'est vrai lorsque la vie est normale. En l'occurrence, les enfants se sont passés de la permission des adultes. Le chauffeur du véhicule plante les freins projetant les occupants dans les bras les uns des autres. C'est l'hilarité générale, une dernière seconde d'insouciance avant que la bâche ne se soulève et qu'une voix autoritaire ne leur enjoigne de cesser le remue-ménage et de sauter hors de la camionnette, à mon signal au garde-à-vous, le corps rigide, la botte alignée. Il s'arrête devant la fille, qu'est-ce que tu fais ici ? Je ne suis pas une fille, je suis un soldat, avec mon âme, avec mon sang, je libérerai ma patrie. Quatre enfants en âge de s'amuser apprennent à glisser comme des couleuvres entre les bananiers pendant qu'on tire des rafales de mitraillette entre leurs jambes pour les faire avancer plus vite. Ils constituent la relève, les « lionceaux de la révolution ».

Elle se raidit à la première rafale puis ça ne lui fit plus rien. Les balles n'existaient pas, elle leur ordonna de se taire. Il était important de rester concentrée pour que son monde à elle garde le dessus. Elle avait choisi son personnage avant d'entrer en scène, aujourd'hui elle était l'homme bionique. À la télévision, l'homme qui valait trois milliards s'en sortait toujours. La veille dans son lit, elle avait ressassé les épisodes de la série à la recherche d'une faille qu'elle n'avait pas trouvée, c'était vital de ne pas se tromper.

Sami partageait son avis. Quand elle était montée dans la camionnette, il lui avait donné ce surnom puis il avait agité sa béquille en baragouinant des mots en anglais pour la détendre. Son accent était épouvantable, ça avait marché. Même quand les quatre enfants de la camionnette ont commis cette énorme bêtise, je veux parler de la roquette envoyée par inadvertance sur le camp, elle a persisté dans son rôle. D'un seul élan, ils se sont mis à courir en pointant un ennemi imaginaire derrière la colline et en vociférant des injures. C'était le branle-bas de combat dans le camp, les miliciens se ralliaient à leur course. Elle était en tête, elle mourait de peur. Soudain, elle s'est arrêtée. Elle a dit : ils se sont enfuis en voiture, je les ai vus. L'homme bionique scannait l'horizon, des points rouges striaient son cerveau. Il était fort. Elle a dit : je suis désolée, ils sont partis. Le commandant en chef s'est approché de la petite. Elle a soutenu son regard. À l'intérieur, son cœur se déglinguait. Il a dit : ça suffit, on rentre tous au camp ! Arrête de pleurer. Elle a touché son visage baigné de larmes, ce n'était pas prévu dans le scénario. Les héros ne pleurent pas. Elle a voulu rétorquer que c'était les embruns, mais il lui avait déjà tourné le dos.

Papa, je voudrais que tu m'emmènes à la pêche comme autrefois. Je n'avais pas besoin de frimer. Je m'éloignais de toi lorsque tu ouvrais la boîte d'asticots. J'avais peur de ces larves qui grouillaient au fond de la boîte. Tu me rassurais : ne sois pas effrayée, les petites bêtes ne mangent pas les grosses. Tu tenais une larve dans tes doigts pour me le prouver. J'enfouissais ma tête dans ta chemise. Tu me caressais les cheveux. Tu disais encore : tu ne dois pas avoir honte, c'est normal d'avoir peur à ton âge. Tu étais très fort à la pêche, je t'avais baptisé le « roi des asticots ». À l'époque, les plantations de bananiers donnaient de belles récoltes et l'on n'avait pas besoin de héros. S'il vous plaît, je voudrais que quelqu'un me prenne dans ses bras.

En premier, elle aperçut Sami sur le monticule. C'est sûr qu'il la guettait, son torse s'allongea puis il dévala la butte. À sa manière bien sûr, un roulé-boulé savant qui le propulsa à deux pas de la camionnette. Il hurla son prénom en faisant le signe de la victoire. Aussitôt les réfugiés accoururent pour fêter leur retour. Ils étaient loin de cette journée d'enfer, salués comme des braves. Ils étaient absous de leur maladresse parce que tous les combattants étaient passés par là et ils comprenaient. Un homme l'attrapa et la jucha sur ses épaules. Les femmes se mirent à chanter. Ils étaient balancés d'épaule en épaule et, puisqu'elle était la plus légère, ils la lançaient haut. Elle avait l'impression d'être un oiseau, elle allait toucher le ciel et s'envoler. Soudain, elle le vit. Il se tenait debout à l'écart du groupe, il était blême. Il fendit la foule. Elle sut qu'elle allait atterrir dans ses bras. Elle comprit que tous ses gestes avaient été accomplis dans le but de se trouver dans les bras de cet homme. Plus que quelques mètres, la tête dans les étoiles, son souhait exaucé. Elle lui décocha son plus beau sourire et s'en remit à la fatalité. Elle tomba pile dans les bras de l'homme enragé qui l'emporta.

Il l'insulte en la traînant comme une poupée de chiffons. Tout ce qui bouge tombe, elle se fige. Il la soulève et il la jette dans sa jeep. Il arrache sa veste militaire. Il pourrait la battre, ça la remplit de bonheur.

L'appartement est situé au dernier étage d'une tour, une habitation criblée de balles dont les vestiges de la façade pendent dangereusement. De n'importe quel quartier de la capitale, on aperçoit cet immeuble. C'est le quartier le plus chaud de Beyrouth. L'endroit est luxueux, meublé avec goût. Il dit : on me l'a prêté. Rien ne manque, pas même un tableau décroché à la hâte ou un tapis roulé à la va-vite. C'est un appartement de propriétaires qui ne sont jamais réapparus. Sur un secrétaire, il y a la photo d'un couple qui échange des alliances et une autre où la femme est plus mûre, entourée de deux garçons. Elle trouve gênant de pénétrer l'intimité de ces inconnus. Elle veut le lui dire puis elle pense que c'est une double gêne puisqu'il y a cette nouvelle intimité avec lui, entre quatre murs, dans l'immobilité du crépuscule qui se fait nuit. Elle préfère se taire. Elle appuie la tête sur la baie vitrée et elle attend. Elle sait qu'elle laissera cet homme faire d'elle ce que bon lui semble parce que ce bon, dès le départ, dès l'instant où il l'attendait dans l'église, est inscrit dans son destin. Lui, il est debout dans le vestibule. Sa colère est tombée. Il regarde la jeune fille épuisée. Il lui propose de se reposer pendant qu'il prépare à manger. Il dit : choisis n'importe quelle chambre sauf celle du fond, elle est condamnée. Elle choisit la chambre la plus proche, une pièce très sobre avec une salle de bains attenante. Elle enlève ses bottes et fait glisser son pantalon. Elle ôte son tee-shirt. Elle se dirige vers la douche. Elle applique le pommeau sur sa nuque et ferme les yeux. Combien de temps reste-t-elle ainsi ? Lorsqu'elle ouvre les yeux, il se tient dans l'embrasure de la porte. Elle ne l'a pas entendu arriver et maintenant il est là. Il dit : n'aie pas peur, je venais voir si tout allait bien. Elle répond qu'elle n'a pas peur. Alors il s'approche d'elle. Il prend le savon. Il dit : je vais te laver. Il passe les mains sous l'eau pour faire mousser le savon. Elle ne regarde pas son visage, elle regarde les longs doigts habiles. Elle se concentre pour ne pas crier lorsqu'il posera ses mains sur son corps. Il la touche. Il touche ses épaules graciles et ses petits seins. Il caresse son ventre et glisse le long de ses jambes. Il ne touche pas son sexe. Le savon s'attarde sur les cuisses. Il avance par petits cercles de mousse blanche à la découverte du corps innocent. Il s'immisce entre les cuisses puis s'étire jusqu'aux genoux, dans le creux du genou. Elle gémit. Un chant plaintif qui s'échappe de ses lèvres sans qu'elle puisse le retenir. Elle devine que c'est l'annonce de quelque chose de plus fort qu'elle ne pourra pas retenir non plus. Elle est au bord, là où la vie n'a plus de secrets. Il la retourne. Il frotte son dos et ses fesses dans un mouvement circulaire. Il appuie sur le bouton d'eau chaude. Il continue de frotter. De même une mère ferait avec son enfant mais sans le plaisir, sans l'eau qui se met à couler de la douche et du sexe. Et les mains qui frottent partout inlassablement, glissant sur la peau puis soulevant l'enfant pour le poser sur la crête de la vague, le cœur battant au seuil de l'immensité, au début de plaisir, l'enfant qui se laisse submerger.

Elle a poussé un cri puis elle s'est évanouie. L'homme l'a recueillie dans ses bras. Il la porte jusqu'au lit où il l'étend. Il pose un drap sur son corps et dénoue la moustiquaire. Il n'y a rien à faire de plus, laisser l'enfant dormir. Il sort de la chambre.

La jouissance pour la première fois dans le corps de la jeune fille. Les lèvres entrouvertes et le souffle court, appeler pour qu'il vienne. Chuchoter son nom en français, en arabe, dans n'importe quelle langue qui traduit le désir. Supplier pour qu'il le fasse encore et encore. Il est où l'étranger ? Elle appelle l'homme qui a posé ses mains en premier. Dans son pays, *charmouta* signifie putain, une charmante aux mœurs légères, terme appliqué à la Française du temps des colonies. Sa mère, par exemple, putain par héritage et elle, le sang de sa mère dans les veines.

De nouveau, il est là. Il dit : je t'ai amené à boire. Il soulève un coin de la moustiquaire et le laisse retomber derrière lui. Ils sont dans le secret du voile blanc. Elle dénude son corps pendant qu'il pose la tasse. Elle a cette audace d'ôter le drap pour le provoquer. Il ignore le geste. Il dit : il faut que tu te reposes maintenant. Elle s'est mise à souffrir sur-le-champ. C'est au-delà du corps mal façonné qui s'offre avec maladresse, elle est sans défense face au rejet. Elle dit d'un seul trait pour qu'il ne l'interrompe pas : si tu refuses, j'irai avec le premier venu que je croiserai en sortant d'ici, je te le jure. Chrétien, musulman, juif, je m'en fiche. La main est remontée au visage, il questionne doucement : c'est ce que tu veux ? Elle dit oui. Il dit : je préfère que tu le fasses avec un garçon de ton âge, quelqu'un de convenable. Elle répond qu'elle s'ennuie avec les gens convenables. Il lui dit que, déjà dans l'église, il savait qu'elle était différente. Elle dit qu'elle est d'accord d'être différente si elle peut éviter l'ennui. Après un silence, elle ajoute que c'est mieux le silence comme ça, qu'il faut qu'il lui fasse l'amour maintenant sinon elle va se lever et partir puis, d'une voix fragile, elle souffle comme un aveu qu'elle n'a pas envie de partir.

L'homme enlève sa chemise. Elle voit son torse magnifique. Elle ferme les yeux. Il se déshabille lentement et s'allonge à côté d'elle. Il attire la petite dans ses bras. Il la berce comme un bébé. Il la caresse et il la berce. D'abord elle se laisse faire et puis après, elle n'accepte plus. Ses mains courent le long du corps de l'amant. Il dit : viens. Il la couvre de son corps puissant. Il embrasse son visage. Il l'avertit qu'elle va avoir mal mais elle n'entend plus. Elle rend les baisers, elle est dans l'histoire d'amour d'une jeune fille. Lorsque la douleur arrive, elle se souvient d'avoir entendu quelque chose. Elle se cabre, tout de suite après elle s'ouvre pour permettre à la douleur d'entrer et déjà la douleur est transformée, happée par le plaisir, devenant pure jouissance. Rien que de l'éternité.

Elle éclate de rire. Cela devrait être un moment solennel, ça ne l'est pas. Le moment a la légèreté du bonheur. Elle dit des choses folles, elle affirme qu'il est son frère de sang à présent. Elle lèche les gouttelettes de sueur sur sa peau. Elle dit : c'est bon. Elle est indécente. Elle réclame à manger. Elle n'arrive pas à se taire. Si elle se tait, elle va se mettre à l'aimer comme un animal fidèle ou un enfant perdu.

Elle réagira toujours de cette manière exubérante. Sans doute pour contrer la gravité de cet acte qui l'exclut de l'honorabilité à jamais.

Ne pas s'encombrer de réflexions inutiles. Ne pas se demander d'où est venue la force de s'opposer à l'interdit. Les tantes, oiseaux de mauvais augure la reniflant sous toutes les coutures et réclamant un test de virginité. Vide-toi de ton sang, demeure impassible. Les tantes n'ont pas connu la jouissance. Pour ne pas offenser les chairs flétries, rentrer l'âme dans le corps avec une seule consigne : ne rien laisser filtrer.

Ils ont une conversation d'amants ponctuée de caresses. Il lui demande si elle regrette d'être venue. Elle répond que l'idée ne l'a même pas effleurée, que c'est une évidence d'être là. Il embrasse son corps pendant qu'elle parle. Des fois, elle se tait pour le laisser embrasser. Imperceptiblement, le désir revient. Elle lui parle de son enfance, de son père, de la honte ressentie face à sa déchéance. Elle raconte d'un côté l'amour incommensurable et, de l'autre, la haine de la mère. Il dit qu'il ne faut pas juger, que la mère avait sûrement de bonnes raisons de le faire. Elle se redresse, elle rejette ses mains. Elle crie presque. Elle attrape son pantalon. Elle est furieuse, elle veut s'en aller. Elle le traite de sale Français. Il la retient, il la plaque sur le sol. Ses mains sont expertes, admirables. Quand elle est sur le point de capituler, il se met sur elle et il s'engouffre.

Elle pleure sans discontinuer. Ce jour-là, les larmes du passé se mêlent au présent. Elle pro- nonce des paroles terribles. Elle dit que la guerre est la meilleure chose qui soit arrivée dans sa vie et qu'elle prie le ciel pour qu'une balle les éli- mine elle et son père. C'est pourquoi elle se promène dans les ruines à la recherche du franc- tireur. À son image le franc-tireur, mort dans la tête, un être dévasté. Elle prie pour que le pire se produise. L'enfance est loin derrière. L'amour, le rire, le bonheur, elle dit, j'ai perdu la saveur.

Il allume une cigarette et la lui tend. Ils fument tranquillement allongés par terre, cruci- fiés par la moiteur étouffante. Le silence de la ville est à couper au couteau, une absence totale de bruit. Elle se souviendra toujours de la nuit lente et de leurs deux corps entre parenthèses. Elle se rappellera que ses larmes avaient tari quand elle avait réalisé qu'elle était heureuse à l'instant, pleinement, de cette manière simple de se poser auprès d'un corps chaleureux en négligeant le reste qui s'était édifié malgré elle. Elle avait tiré une bouffée sur sa cigarette et elle avait chuchoté contre sa bouche. Elle avait débité à voix basse un lot de niaiseries qui l'avait attendri et puis elle avait trouvé le courage, elle avait fini par avouer dans un battement de cœur emballé qu'elle l'aimait.

Il s'est levé. Sur le drap souillé, avec son sang, il dessine un cercle : le territoire de l'amour. Puis il enlève le drap du lit, mais au lieu de l'exposer à la fenêtre pour prouver sa virginité aux yeux de tous, il l'étale sur le bureau dans le secret de la chambre. Au milieu du cercle, entre les taches, l'amant inscrit le nom de la jeune fille. Elle pense tout à coup, en le regardant faire, que cet homme est un barbare. Il doit souvent suivre son instinct, c'est un homme qui ne fait confiance à personne. Elle lui dit qu'elle n'a pas peur de ce qu'il est. Il la regarde, il comprend ce qu'elle essaie de lui dire.

Il revient vers elle. Il écarte ses cuisses, il mange son sexe. Il fait un festin d'elle. Sa bouche se colore en rouge. Elle dit : c'est dégueulasse. Mais les doigts griffent la nuque. Elle dit encore d'autres choses insultantes qui appartiennent au domaine de l'intimité et qui ne sortiront jamais de la chambre. Des mots jetés dans la force du désir, rien n'est sale, tout est à sa place, chacun à sa manière, dans l'acceptation inconditionnelle de l'autre.

La lune est entrée par la fenêtre, le soir est arrivé. Elle se promène dans l'appartement pendant qu'il prend sa douche. Elle n'allume pas de lumière. Elle glisse d'une pièce à l'autre en contemplant Beyrouth à ses pieds. Elle voit le port abandonné, les rues désertes qui quadrillent les quartiers, les immeubles effondrés. C'est une ville à la dérive, un lieu de survivants. Elle avance dans le couloir. Elle se rappelle qu'il a dit quelque chose au sujet d'une chambre, en même temps, elle a oublié. Quand la porte résiste, elle est étonnée. Elle croit à une erreur. De nouveau, elle abaisse la poignée mais en vain. Elle recule un peu. Une idée terrifiante semble la traverser, une pensée aussitôt dominée par une peur viscérale. Elle se précipite hors du couloir. Elle atteint la chambre où l'amant prend sa douche, la moustiquaire, elle se recroqueville au pied du lit. Elle ne bouge plus, et personne pour l'apaiser, pour extirper de sa tête le cauchemar éveillé.

Elle ne parle pas de la porte. Quand il la découvre tremblante au pied du lit, elle dit qu'elle a froid. Il rit de toutes ses dents, avec les canines qui sortent un peu. Il ressemble à un loup. Il l'entraîne à la cuisine. Il la traite de petite bête curieuse. Il dit : j'ai une faim de loup. Elle lui demande pourquoi il est là. Il dit que c'est une longue histoire, qu'il faudrait des jours entiers pour raconter et qu'il n'a pas ce talent. Elle insiste. Elle dit qu'elle doit savoir parce qu'il est le premier sinon ce serait égal. Elle n'a pas l'habitude de demander. Elle se tient droite sur sa chaise avec le visage froissé par une contrariété enfantine. Tout d'un coup, elle se sent vieille. Le visage de tueuse réapparaît, les yeux brillants et les pommettes creuses. Il dit : tu es belle. Il aime le visage de tueuse. Il y a des hommes comme ça, que le danger attire. Il dit aussi qu'il veut bien lui raconter un bout de son histoire même si ça l'ennuie. Il lui demande ce qui l'intéresse, si c'est son enfance ou sa vie à Paris. Il lui dit qu'elle doit poser des questions pour l'aider. Elle demande pourquoi il est là avec elle ce soir et pas une autre, c'est ce qui l'intrigue. Sans en avoir conscience, elle espère que l'amour sera la réponse. Il hésite. Il commence par dire qu'il ne sait pas et la minute d'après il sait. Il dit qu'il a quelque chose d'important à lui demander mais que le moment n'est pas encore venu. Elle a mal. C'est un pincement au cœur, un léger battement qui ravive la plaie fraîche entre ses cuisses. Elle attend que le vertige passe. Il guette sa réaction. Elle mord dans une tranche de pain. Elle lui dit qu'il se débrouille drôlement bien en cuisine. Il répond qu'il est content que ça lui plaise. Elle ne l'écoute plus.

Quinze ans. Le franc-tireur est inhumain. Il est payé à la tâche. Écolier, adulte, vieillard, même nouveau-né, payé pour tirer. Sans état d'âme. Payé pour négliger le sourire de la jeune fille devenue femme, qui se meut de manière moins saccadée, les hanches souples, oubliant de courir sous le soleil de plomb. Regardez l'insolence, ce pantalon militaire pour narguer le danger et le pistolet glissé dans le ceinturon. Il ne faut pas croire qu'elle ne sait pas ce qui l'attend. Tête brûlée. Pas une personne capable de la dompter. On dit que le franc-tireur est sans pitié. C'est ce qui fait trembler la population mais pas elle. Comme elle ne tremble pas assez, il ne tire pas.

Il fallait que je le dise à quelqu'un. Il fallait que ça sorte de moi, pas gratuitement, pas comme je le faisais le matin sur le chemin de l'école, jeter les mots parmi les ruines dans le vide, m'agenouiller dans l'église et le dire à Dieu qui ne me parlait pas, dévaler le chemin caillouteux et lancer des pierres en jouant à épeler son nom et puis traverser en courant la grande cour de récréation. J'apercevais le directeur debout derrière la baie vitrée, de longues bandes adhésives avaient été collées contre la paroi pour éviter que les éclats de verre ne s'éparpillent trop brutalement. La grande vitre était changée régulièrement, pas les petites fenêtres que l'on recouvrait au fur et à mesure de plastique. Le lycée commençait à sentir la débâcle. Monsieur Roux, le directeur, était français. Grand, sec, derrière la baie vitrée, une ombre crucifiée. Lorsque ma mère était partie, il m'avait convoquée dans son bureau pour m'assurer de sa sympathie. Il avait dit : le lycée, c'est votre deuxième maison. Venez me voir si quelque chose ne va pas bien. Il avait ajouté maladroitement : la France est avec vous. Je ne pouvais pas le dire à Monsieur Roux. Il fallait que je le dise pourtant à quelqu'un, moi la secrète, la muette, que ça sorte pour que ce nouvel amour ait une chance de vivre, qu'il ne reste pas à l'état de rêve. Même quand je l'aurais raconté avec les phrases qui décriront les caresses et le plaisir, j'aurais encore du mal à le croire, que cet homme m'aime et j'aurais raison, cet homme ne l'avait pas dit. L'amant avait prononcé beaucoup de paroles mais sur l'essentiel, l'amour pour la jeune fille, pas un mot.

Il fallait que je le dise à quelqu'un et j'avais trouvé. Ce quelqu'un ne pouvait être que Layal, dernière année baccalauréat au lycée, brillante, une intelligence innée, la beauté irradiante. Elle est douce Layal, elle n'a pas eu à se battre, d'une douceur qui donne envie de la malmener pour la punir d'être ainsi belle comme une évidence. Le corps est extraordinaire, elle ne se rend plus compte des seins lourds qui se tendent vers les mains, ni du reste, la peau douce, les attaches graciles, le corps adorable et unique. Riche aussi, issue de la haute bourgeoisie libanaise, côté est, une chrétienne maronite. Elle passe son baccalauréat par principe. Elle avait le choix Layal de ne rien faire, se laisser grandir sans histoires. Depuis son aventure, ses parents sont perdus. Elle pleure de les voir souffrir de ce déshonneur. Si elle pouvait, elle reviendrait en arrière. Elle arrêterait le scandale qui entache la réputation de la famille. Elle peut. Il suffit d'une visite chez le médecin. Elle dit oui. Elle fera ce que sa mère souhaitera.

Layal, beaucoup plus belle que moi, la farouche avec cet accoutrement bizarre et cet air bravache. Elle, elle est sans véritable résistance, une fille aimante, prête à se laisser coudre pour racheter sa faute et à accepter un mariage arrangé. C'est possible de lui demander ce genre de choses, de renoncer à ses aspirations. Au contraire de moi, Layal pleine de tout, jamais affamée, tranquille.

J'ignore si elle a déjà pris sa décision lorsque je m'assieds sur le banc, à côté d'elle. Elle me caresse la main pendant que je lui parle. Je lui suis reconnaissante de m'écouter sans m'interrompre. Je lui parle de mon amant. Je réalise

que je ne sais rien de lui. Je brode un personnage crédible, une espèce de reporter altruiste,
sincèrement épris de moi. Je lui dis que je devais
le faire avec lui, le Français, pour essayer de
comprendre. Elle ne me demande pas quoi. Elle
dit que c'est bien de l'avoir fait avec un étranger.
Que c'est la seule chose à faire dans un pays où
les femmes sont piégées. Elle dit aussi que je
dois garder le secret à tout prix. Elle dit cela
avec une pointe d'amertume. Ça ne lui ressemble pas. Je crois qu'elle avait déjà capitulé.
La cloche a sonné. Elle me tenait les mains.
Elle s'est penchée brusquement vers moi. Sa
bouche a attrapé la mienne. Ses lèvres étaient
suaves, au Liban on dit des lèvres au goût de
miel. C'était vrai. Son baiser allait à l'intérieur
de moi, il m'avait saisie aux tripes. Au moment
où j'ai cru que j'allais mourir, elle s'est dégagée
de mon étreinte. Elle était debout. Elle lissait
doucement sa jupe en me regardant de ses
grands yeux frondeurs. Elle a dit : excuse-moi,
j'avais besoin de ta force. Les élèves étaient
déjà tous rentrés. Nous étions seules dans la
cour d'école en train de nous éloigner sans
doute pour toujours. Il y avait l'ombre de
Monsieur Roux dans le bureau. Il y avait la
voix des professeurs qui s'échappait des fenêtres ouvertes, des raclements de chaises, le
marchand de sucreries qui baissait le store de
sa boutique. Un oiseau s'est posé sur le banc,
j'ai entendu un rire. La cloche a sonné une

deuxième fois. Rien que pour moi, un tintement triste et puis une folie de cloches.

Je rêve d'elle tous les soirs. C'est un rêve très fort parce que j'ouvre les yeux dans la nuit pour chasser la peur. Je suis dans l'église déserte. Tout commence de cette manière. Comme d'habitude, je suis en train de terminer ma prière avant d'enjamber le vitrail. Soudain, quelqu'un m'enserre. Je ne discerne pas son visage mais je suis sûre que c'est elle parce que je reconnais son corps sublime. Je me laisse aller contre ses seins, c'est un moment très charnel. L'aboutissement de ce désir violent que j'ai pour elle. Je renverse la tête pour l'embrasser. Je cherche ses lèvres mais sa bouche reste fermée. Tout à coup, j'ai le pressentiment d'un malheur. Je regarde le visage. Et tout à coup je réalise qu'ils ont cousu sa bouche et ses yeux. Je veux crier mais aucun son ne sort de ma bouche. C'est ce qui me réveille, la terreur d'avoir moi aussi les lèvres cousues alors que je n'ai pas fait le mal. Parce que le mal ce n'est pas l'amour, il est ailleurs le mal. Il est dans la guerre menée par les hommes de mon pays. Dans les massacres, les viols, les tortures, présent jour et nuit, dans l'esprit des peuples orgueilleux. Je le vois se mélanger à nos vies et ne plus en sortir jusqu'à ce que tout soit dévasté. Il est partout sauf dans l'amour.

Le mal est aussi chez mon oncle lorsque je chante et qu'il ordonne à ma tante de me réduire au silence. Mon oncle ne m'adresse pas la parole, il ne me regarde pas non plus. Je réponds à ma tante qu'il n'y a pas de mal à chanter et que je peux baisser la voix si ça la dérange. Je l'entends qui grommelle dans son dos. Si mon oncle pouvait me parler, s'il pouvait seulement me voir, lever les yeux et m'adresser la parole, il aurait été capable cet oncle d'avoir un métier honnête et de fonder une famille. Ma tante répète après lui, elle répond que les paroles de la chanson sont injurieuses. Elle préfère que je ne chante plus en français. Je me tais.

Mon oncle considère le blasphème dans chacun de mes gestes. Dans ma façon de m'asseoir, de souffler une allumette, de jouer avec les bonnes, de servir le café, de serrer une main. En présence d'une visite masculine, quelle qu'elle soit, un livreur ou un parent, il m'enjoint de quitter la pièce immédiatement. Il est la mauvaise foi incarnée, la pensée corrompue qui souille l'innocence.

Heureusement, nous ne mangeons pas ensemble. Excepté les jours de fête où nous faisons de la figuration, nous ne sommes jamais assis à la même table. D'ailleurs, il n'y a pas de salle à manger. Dans un couloir, entre deux portes, une grande table collée contre un mur.

À partir de midi, la bonne pose une casserole sur la table. Chacun se sert. On mange vite pour éviter de croiser l'ennemi en face du mur constellé de taches de moisissures, sur une nappe en plastique. Plus tard en Chine, dans les restaurants populaires, le même débit avec le mouvement de la main qui déblaie pour laisser le champ libre. Dans cette maison, personne ne déblaie, c'est chacun pour soi. La bonne, une esclave et pour la remercier, un rot. C'est ici, accoudée sur la table, que je construis à chaque repas un avenir radieux. C'est une question de survie. Je suis déjà atteinte. Jalouse du bonheur, n'importe quel bonheur, une mère qui cajole son enfant, des amis complices, envieuse parce que je suis aussitôt sur la touche, incapable de comprendre le rituel d'échange. Dans la solitude du couloir, j'invente un futur éclatant qui me donnerait la clef pour que je ne reste pas dehors, derrière la porte, à ne pas oser franchir le seuil. La clef, je la glisserai dans une chaîne en or autour de mon cou et l'heure venue, je la tendrai aux enfants que j'ai aimés pour qu'ils n'aient pas à chercher le bonheur, juste l'effort de se pencher et le ramasser à pleines brassées.

Mon père n'est pas au courant de ces histoires de famille. En sa présence, nous donnons tous le change. Nous donnons l'image de gens civilisés réunis autour de son chevet qui bavardons à bâtons rompus. Nous évitons les sujets qui fâchent. Je crois que mon père n'était pas dupe. Il insistait toujours pour m'avoir à ses côtés comme s'il voulait faire barrage avec son corps. Il leur disait à eux, pour qu'ils comprennent bien que me toucher c'était le toucher aussi dans le plus profond de sa chair, que j'étais celle qui savait le plus l'aimer. Qu'il ne s'attendait pas à une telle connivence avec une fille, à une tendresse si profonde. Je ne me pardonnerai jamais, disait-il, d'avoir souhaité un garçon à sa naissance.

Il se rattrapera. Il se battra avec la famille jusqu'à sa mort pour que j'obtienne une part entière d'héritage, que je sois traitée à l'égal d'un garçon. Le dernier scandale, favorisée jusqu'au bout. Les filles n'ont droit qu'à une moitié de part. Le notaire dit que c'est une clause exceptionnelle. Il détache les syllabes en martelant le bureau avec ses doigts. Du jamais-vu en trente ans de carrière professionnelle. Il dit que mon père devait beaucoup m'aimer. Je pleure. La famille derrière, les yeux ailleurs. Je signe là, au bas de la page. Des terrains, des immeubles, une forêt. Les terrains sont occupés, les immeubles détruits, la forêt de pins décapitée. Un héritage de papier. Pourquoi suis-je née dans cette guerre ?

Une autre question me hante, la principale. Plus importante que la guerre. La question de la guerre est anodine. Elle est naïve. Elle explique qu'on n'est pas d'accord mais on ne peut rien faire contre parce que c'est le destin, incontournable. Il aurait suffi de naître dans un autre pays ou une autre famille. Il n'y a rien à faire. Prends ce qu'on te donne et fais avec. La seule chose à faire est de faire avec. Grâce à la guerre, je sais très tôt qu'il faut apprendre à nager plus vite que le courant. La question principale, elle, est dangereuse. Elle revient sans cesse. Elle est liée à l'amant. C'est lui l'initiateur. Il a dit des mots et ces mots ont roulé dans ma tête jusqu'à former une interrogation. Je ne veux pas lui poser la question. Il l'attend. J'ai quinze ans, je ne comprends pas grand-chose à l'amour mais cette question, je sais qu'il l'attend. La réponse sera démesurée. J'ai cette intuition. De l'extérieur, cela ressemblera à une phrase jetée avec négligence mais moi, de l'intérieur, j'aurai l'impression de recevoir des éclats d'obus dans le corps. J'espère me tromper. Mais il y a peu de chances. C'est pour cela que je retarde le moment. Parce que quand je lui poserai enfin la question de savoir ce qu'il a de si important à me demander, cet homme, j'en suis sûre, exigera l'impossible.

Nous sommes des amants. Nous revenons dans son appartement, nous ne pouvons pas nous en empêcher. Parfois, je manque le lycée. La famille n'en est pas informée, les téléphones sont en panne. Il me lave, il me nourrit, il m'offre des cadeaux venus de France. Il m'habille avec des robes qu'il achète dans le quartier chic de Beyrouth. Nous sortons manger dans des restaurants chrétiens du bord de mer. Il dit que, si on nous arrête, je suis sa fille et je ne comprends pas l'arabe. Personne ne nous arrête. Nous traversons les barrages sans souci. Je vois pour la première fois des miliciens chrétiens. Ils ont l'air de gens normaux. Les jumeaux des miliciens musulmans. Des gamins, des plus âgés, des frimeurs, un peu de tout, de l'humain qui fume et qui blague avec la kalachnikov sur l'épaule. Au restaurant, je dévore. Il me regarde manger avec plaisir. Il dit que j'ai un bel appétit. Il le dit avec une lueur dans les yeux qui se met à danser. Il paye. Nous nous levons. Nous nous précipitons dans la jeep. Sur le trajet du retour, nous sommes silencieux. Au bas de la tour, nous grimpons les escaliers en courant. Il pousse la porte. Il arrache ma robe, il la jette. Il me plaque contre le mur de l'entrée. Il me tient en joue l'espace d'une minute, il détaille mon corps nu et puis il fond sur moi.

Quelquefois je m'endors dans ses bras, dans son odeur. Il sent bon la sueur et la cigarette, il sent le parfum de l'Occident. Si je me réveille dans cette odeur, je le désire immédiatement.

Extrait de presse. Ahmed le musulman et Michel le chrétien sont des amis d'enfance. Ils ont grandi dans le même village jusqu'à ce que la guerre les sépare. Officiellement, ils ne s'adressent plus la parole. Le soir venu pourtant, Ahmed et Michel se retrouvent en cachette dans une forêt, à proximité du village. Ensemble, ils refont le monde puis chacun rejoint son domicile. Le lendemain, ils continuent de s'ignorer.

Extrait de presse. Nora aime Jo. Jo aime Nora. Ils ont une vingtaine d'années. Les jeunes tourtereaux décident de fonder un foyer. Chacun va porter l'heureuse nouvelle à sa famille. Nora et Jo vont se marier. Mais là, dérapage. Une « différence » vient tout bouleverser. La famille de Nora est musulmane chiite, celle de Jo chrétienne maronite. Et toutes deux sont catégoriques : cette union est impossible. Les familles ont des mots si durs l'une envers l'autre que les amoureux finissent par se brouiller. Aujourd'hui, ils ne s'adressent plus la parole.

Il m'interdit de retourner au camp. Il est péremptoire, son ton ne souffre aucune discussion. De source sûre, la situation est en train de devenir malsaine. Moi, je n'ai peur de rien. Je continuerai d'y aller parce que ces gens ont besoin de mon aide. Il me dit que la guerre n'est pas un jeu, qu'il faut que j'arrête de jouer avant qu'il ne soit trop tard. Je me moque de ses recommandations. Je lui dis de ne pas s'inquiéter. Que toutes les fois où j'ai frôlé la mort, elle n'a pas voulu de moi, la fois dans l'accident de voiture, dans l'immeuble assiégé, sur l'avenue déserte, je ne sais pas y faire, je garde mon calme et la mort passe son chemin. Ce sera pareil pour le camp, inutile de s'inquiéter.

Sami, à la sortie du lycée, sur le chemin cailouteux pour qu'on ne le voie pas. Appuyé sur ses béquilles, maussade, sans sourire aucun. Il demande : où es-tu passée ? Elle est restée à la maison. Tout ce temps. Oui. Elle pose son cartable et repousse les volants de la robe verte. Elle dit : tu ne devrais pas venir jusqu'ici, c'est dangereux. Il répond d'un ton moqueur, il répond le Sami des camps de réfugiés, bientôt tous massacrés en l'espace d'une nuit, qu'il ne craint que Dieu. Et puis les mots s'éloignent de la guerre, ils deviennent purs. Il dit qu'il est fou de la jeune fille, qu'il monte la garde sous sa fenêtre tous les soirs pour la protéger des bombes. Il dit qu'en se promenant dans la ruelle plongée dans l'obscurité, il lui chante des chansons d'amour pour la bercer dans ses rêves. Il voudrait la voir danser sur ses mélodies comme une reine dans un palais et non pas dans les poubelles, parmi les abris de tôles rouillées. Il se tait parce qu'il en a trop dit. Elle, elle est désemparée, ne sachant pas quoi faire de ces mots.

Elle ramasse son cartable. Elle serre le garçon bien fort dans ses bras. Elle ne dit pas les mots qu'il attend.

Dans sa chambre le soir, elle allume une bougie sur le rebord de la fenêtre. Depuis des semaines, la ville est plongée dans l'obscurité. Elle ressemble à un monument funèbre. Le danger est palpable dans l'épaisseur de la nuit, immobile. Il suffirait d'un hurlement pour déchaîner les hordes barbares. Elle se déshabille lentement devant la fenêtre ouverte. Elle déboutonne sa chemise. Elle fixe avec insistance la ruelle. Aux premières notes de la chanson d'amour, elle se met à danser.

La guerre a été longue. Elle a duré quinze ans. J'avais huit ans lorsqu'elle a commencé. Les gens ne pensaient pas qu'elle allait durer aussi longtemps. S'ils avaient su, ils seraient tous partis. Ils croyaient que les cessez-le-feu allaient faire cesser cette guerre. Ils croyaient encore ce qu'on leur disait. Durant les périodes d'accalmie, la population effaçait les traces des combats. Les trous des immeubles étaient rebouchés, les rideaux en fer des commerces remplacés. Et puis j'ai eu douze ans. Je suis devenue une jeune fille dans la guerre. Dans le sang de la guerre, sur une bande de terre devenue trop étroite. Au sud des envahisseurs, au nord des envahisseurs, et nous les habitants pris en otages. Et puis j'ai eu treize ans, quatorze ans, quinze ans, tout ce temps à espérer pour rien. À prier pour que les forts viennent à notre secours. Les forts pour punir les envahisseurs et rendre leur place aux plus faibles, à la souveraineté. À ce stade, la vérité nous apparaît. La certitude que la guerre ira jusqu'au bout de ce qu'elle doit accomplir, sans limites de temps. C'est une évidence qui nous écrase. L'espoir est abandonné, ruinés les essais de reconstruire. Nous devenons des survivants et le Liban le lieu des règlements de comptes.

Je me souviens que les vitres de la maison étaient peintes en bleu pour tromper la vigilance des avions de chasse. Je suppose que c'était ça. Je ne demande pas d'explications. Les fenêtres restent entrouvertes jour et nuit pour résister au mur du son. La maison a des airs de vacances avec ses reflets bleutés et la brise qui soulève les rideaux en tulle. Je m'enroule dans le tulle blanc, je suis la fiancée de la mer.

Je me souviens que je courais dans les cratères encore chauds des obus à la recherche d'éclats de ferraille. Il est chose entendue que deux obus ne tombent jamais au même endroit. Pourtant, une fois, en train de ramasser de la ferraille et le sifflement de la deuxième roquette par-dessus ma tête. Je me colle au sol, je mange la terre. Je ne recommencerai plus, je le jure. Le lendemain, je recommence.

Je me souviens qu'il n'y avait pas d'eau, pas d'électricité, pas d'essence. La vie d'une nation entière se conjuguait dans la négation.

On défonçait les portes pour prendre possession des appartements vides. Cela nous semblait juste. Les réfugiés ne pouvaient pas rester dans les rues alors qu'alentour des appartements étaient vides. Les habitations de ceux-là qui les avaient poussés dehors. J'accompagne le groupe qui défonce les portes. Je suis le mouvement. J'entre, j'envahis, je veux savoir l'effet que ça fait. Jamais je n'arrive à toucher un objet ou à m'asseoir. J'ai de la chance, je n'ai pas assez de haine.

Pour tromper l'ennui, on jouait aux cartes dans les abris. J'ai appris le poker, le baccara, le piquet, le jeu de patience. Je revois des visages. Je ne sais pas ce qu'ils sont devenus, j'ai perdu le contact. Sur les photos, ils sont des gens inoffensifs, d'agréables compagnons de route. C'est exactement ça, d'agréables compagnons de route qui n'ont pas eu de chance.

Je me souviens que les souvenirs se sont arrêtés lorsque j'ai quitté mon pays. Après, il y a de pâles émotions, rien qui vaille la peine d'être évoqué.

Je n'ai pas de photos de mon amant, ni de lettre, aucune trace. Le pistolet qu'il m'a offert est resté dans la tour, les robes, je les ai laissées aussi. Quelqu'un les a peut-être récupérés, un mercenaire ou un rôdeur. Je ne me suis pas renseignée. Durant trois mois et demi, le temps de notre relation, il me prend souvent en photo. Il me les montre. Il les expose sur le tapis du salon puis elles disparaissent. Il me dit qu'elles sont dans la chambre secrète, derrière la porte. Il l'appelle la chambre noire. Elle est toujours fermée à clef.

Nous parlons de tout sauf de notre avenir. Depuis le début, nous sommes d'accord. Notre histoire ne peut être envisagée que sous une forme éphémère. Nous avons cette sagesse de le reconnaître. Nous n'avons pas le choix.

Il continue de m'entraîner, loin du camp. Les armes, c'est ma passion. Je sais les monter et les démonter, en silence et à toute vitesse, tirer dans n'importe quelle position, même dans l'obscurité. Ce sont les moments que je préfère, plus que l'amour, les instants où nous nous mesurons à capacité égale. Ça me plaît cette non-retenue. Notre histoire est en train de prendre une tournure sombre comme les films où les gens n'ont peur de rien, ni de perdre leur vie, ni de la faire perdre aux autres. Ensemble, nous ne parlons pas de ce danger qui accompagne notre histoire. C'est inutile, ça ne le fera pas disparaître.

À cette époque, je cache des explosifs dans la chambre. Je veux faire sauter la Cadillac de mon oncle. Mes tantes se doutent de quelque chose. Elles ont un éclair de lucidité. Elles ne savent rien mais elles sentent le changement. J'ai perdu mon acuité, je suis trop légère. Les choses sont faites avec amabilité, avec le regard qui se perd ailleurs, et les remarques glissent dans le vide. Elles fouillent ma chambre à la recherche des traces d'un homme, elles découvrent la dynamite. L'horreur dans la maison respectable, la guerre à l'intérieur. Je suis une inconsciente, une enfant dépravée. Si je suis capable de cacher ces explosifs alors je suis capable d'autre chose, de mentir, de voler, de coucher, de m'allonger sur le corps des miliciens. Elles m'attendent dans la chambre. Elles me poussent dans un coin, elles me déshabillent. Elles inspectent mes vêtements et me reniflent pour trouver l'odeur de l'homme. Elles hurlent à la mort que je sens trop bon pour être honnête, que je déshonore le nom de la famille partout respecté, le nom irréprochable donné à des écoles, des rues, des statues, que je mérite de croupir dans un orphelinat et même, ce n'est pas sûr que l'orphelinat veuille d'une pareille vicieuse, d'une chienne enragée. Elles se jettent sur moi, elles me giflent.

Le visage tourné vers la fenêtre, la voix impérieuse de l'oncle encourage les humiliations. Il dit que c'est important de savoir, qu'il faut continuer à me battre jusqu'à ce que la vérité sorte. Il faut éviter que règne l'anarchie au travers de celle qui n'en fait qu'à sa tête. Il use de mots de voyous, ceux-là mêmes de l'ennemi aux frontières, il parle de tolérance zéro. Mes tantes frappent de plus belle. À l'étage inférieur, ma grand-mère pleure. Elle leur crie d'arrêter, que je suis sa petite-fille, la fille de son fils préféré. Elle appuie sur sa sonnette pour alerter les bonnes. Les hurlements de ma grand-mère font sortir mon père de sa chambre. Il se précipite sur mes tantes, il est hors de lui. Il m'arrache de leurs mains. Il dit des choses vexantes, des mots qui ont trait au passé, des secrets de famille enfouis. Il leur ordonne de sortir. À la fenêtre, l'oncle, le cadet teigneux, les poings serrés dans ses poches. Il toise son grand frère, le regard est meurtrier. Il dit que je l'ai bien cherché. L'aîné ne bronche pas. Derrière les cils, une immense lassitude. Il a l'habitude de ce frère bagarreur. Depuis l'enfance déjà, le petit frère pique des colères froides qui font pleurer la mère de désespoir. En parlant de ce fils cadet, la mère dira toujours qu'elle ne comprend pas cette haine qui l'habite, inattendue dans le corps frêle, que ça doit être douloureux de vivre avec ce mal. Elle le plaint sincèrement.

Quand il voit les explosifs, mon père sourit. Il dit : tu ressembles à ta mère. Il ne demande pas pourquoi je cache des explosifs dans la chambre. Il dit juste qu'il va falloir que je me calme un peu. Nous nous regardons longuement. Son sourire s'élargit. Il a un geste très doux, une caresse sur la joue avec la main, pour me demander si j'ai encore mal. J'ai envie de lui parler de l'amant, c'est le moment ou jamais. Je ne le fais pas. Je lui dis qu'il faut qu'on s'en aille d'ici tout de suite. Il secoue la tête en signe de négation. Il me regarde longtemps. Avec beaucoup d'amour, il pose la question insoutenable : tu sais pourquoi on reste ? Je m'enroule dans sa robe de chambre. Je dis : les médecins de ce pays sont des charlatans, tu es leur providence. Je ris. Mon père allume une cigarette. Non. Il dit : ici ou à l'étranger, c'est pareil. Je suis condamné. Il détourne la tête : tu sais. J'arrache la cigarette de sa bouche. Je dis : je te déteste. Je lance le cendrier contre le mur. J'attrape un livre, je le jette. Je ramasse une bouteille, tout ce qui me tombe sous la main s'envole et finit dans un bruit de fracas. Je suis désespérée. Je dis : tu n'as pas le droit de m'abandonner. Je l'insulte. Je le traite de lâche, de trouillard. Je lui dis qu'il est mon seul père et que c'est son devoir de me faire grandir. Je dis : je voudrais que tu meures à l'instant même pour en finir. Je ne peux plus parler. Là, ce qui vient de sortir de ma bouche est monstrueux. Mon père est très pâle. Il n'essaie pas de me calmer. Il laisse la colère sortir, c'est sa dette envers moi. Tout va vers le père, les sanglots, les regrets, le corps meurtri, les espoirs déçus, un tourbillon vertigineux, puisant de l'intérieur pour remonter à la surface et disparaître par la grâce du père, de sa main qui rassemble les bouts disparates et me tire vers lui.

Nous nous sommes installés sur le balcon avec un paquet de cigarettes. Le khamsin, le vent du désert, commençait à se lever. La lumière était devenue jaune. Pendant les quelques jours où soufflait ce vent qui faisait de la ville un brouillard et des gens des silhouettes floues, les combats s'arrêtaient. L'ennemi disparaissait. On ne voyait plus le ciel, il se confondait avec le brouillard. Avec mon père, on se tenait sur le balcon malgré le khamsin. Le sable nous grignotait le visage, ces petites piqûres vivifiantes nous rendaient hilares. Mon père est rentré dans la chambre et s'est mis au piano. Il joue les airs de Saint-Germain-des-Prés qu'il a appris en France. Il chante en jouant. Il tape du pied bien fort pour embêter l'oncle. Il se lève et me prend dans ses bras. Nous dansons pendant qu'il chante. Mon père est très heureux, tout à coup le bonheur le rattrape. Il rit et il danse. Il me dit des phrases incroyablement légères. Je pense en l'écoutant que l'espoir n'est pas perdu, que nous pouvons être heureux dans ce pays en déroute. Quelqu'un tambourine contre la porte. Il crie qu'on cesse de nous déranger. Nous nous taisons. Nous nous réfugions à l'extérieur, dans le nuage d'ouate.

De temps en temps, il a un sursaut. Il décide : on va chercher une maison. Il endosse son beau costume de lin grège. Il lisse sa moustache avec les doigts et récupère sa canne à l'entrée. Nous sortons précipitamment en claquant la porte, ça résonne comme un coup de semonce. Mon père avance à grands pas. Il est volubile. Il fait des moulinets avec sa canne en sifflotant. Je pense que voilà, c'est arrivé, il suffisait d'être patient. Nous allons au hasard des ruelles en pente douce. Nous cherchons une maison avec un jardin à dimension humaine. Un bout de terre pour lui et moi, et le figuier que nous avons décidé de planter tantôt, pas plus tard qu'au coin de la ruelle. Le figuier face à la mer pour nous abriter du soleil pendant que mon père vieillirait d'une fatigue sereine de la vie, comme la figue gorgée de soleil qui se détache molle-ment avec l'air de signifier débarrassez-moi, je suis pleine de tout, je ne veux plus rien. Cette image nous rend fous de joie. Mon père se frotte les mains tellement il la voit cette maison avec son arbre et sa terre de cailloux. Il appuie sur des sonnettes, il discute avec les gens. Il répond que ce n'est pas grave, qu'on a toute la vie pour trouver. Il est infatigable. Bientôt nous sortons des quartiers résidentiels. Nous nous rappro-chons de la ligne de démarcation. Mon père continue d'avancer sans tenir compte de la menace. Si j'avais le courage, je le laisserais aller pour en avoir le cœur net, pour savoir s'il est prêt à mourir. La première, je m'arrête. J'invente un prétexte, l'ennui, un mal de tête soudain, pour rentrer.

Tempête du désert, Raisins de la colère, Pluies d'été, chaque opération punitive porte un nom de code qui promet de nous dévaster. L'ennemi tient ses promesses. Dans le journal, je vois des photos effrayantes. Celles d'enfants qui écrivent des phrases sur les missiles qui nous sont destinés. Qu'écrivent-ils ? Quels mots pour la haine ?

Cette fois, je dois présenter des excuses. Je dis à mes tantes et à mon oncle que je ne recommencerai plus, que je vais me calmer dorénavant. L'une après l'autre, je me penche vers la main qui se tend pour la baiser. Le rituel est immuable. Ils sont alignés sur le grand sofa du salon doré dans l'attente de mon repentir, sous l'œil terrible du grand-père défunt. Ma tante me regarde gentiment avec un peu de regret. Ce regret semble admettre que tout pourrait être plus simple si je faisais cet effort tant demandé, celui d'être une jeune fille bien élevée et consentante comme mes cousines que je ne vois plus. À cause de ma conduite choquante, mes tantes n'ont plus voulu que leurs filles me fréquentent.

Toutes ont obéi. Elles me regardent de loin en cherchant les signes de la perversité. Elles s'imaginent que ça devrait remonter à la surface. Je m'absorbe dans le détail d'un tapis persan. Elles sont les figurines des contes de mon enfance, pâles princesses sans résistance. Pendant quelques jours, j'essaie de ressembler à cette image qu'ils attendent de moi. Je décrète : à partir de demain, je n'irai plus au Lycée français. Le lycée, c'est le plus beau cadeau que je puisse leur faire. Ils sont contents. Dans la maison, on respire de nouveau librement. Mes tantes m'entraînent dans leurs visites quotidiennes. Elles sont affables. Elles m'enlacent avec affection, moi la fille de leur grand frère enfin rendue à la raison. Rendue comme une défaite, échouée l'extravagance. Elles babillent sans arrêt, l'intelligence ne retient pas les mots, c'est trop rapide, les mots sortent sans préparation. Elles parlent des gens, des voisins qu'elles ont rencontrés, de ceux qui sont morts, de comment c'est arrivé, de la pénurie d'essence, des jerricans vides, des repas à préparer. Elles sont concrètes, attentives à mener la journée à son terme, sans bousculade. Pour l'amour seulement, elles seraient prêtes à accueillir l'imprévisible. Elles lisent des romans-photos, elles se préparent en attendant l'amour. Elles regardent les décombres à l'extérieur, elles pensent que la guerre ne leur a pas laissé de chances. Elles répètent comme tout le monde, elles disent que c'est la faute de la guerre.

Je ne réussirai pas à me calmer. Un jour, brusquement, l'ennui sera insupportable. Je reprendrai le chemin de l'école, en bottes et en pantalon, la robe verte courant sur la ligne. Courant pour que l'histoire ne passe pas à côté de moi, se détournant de la fille assagie. La famille recommencera à se plaindre auprès de mon père. Il leur dira qu'il les comprend mais qu'à présent il fallait me laisser tranquille puisque j'avais essayé, l'important c'était cet effort consenti, le reste après, on n'y pouvait rien. C'était comme demander au soleil de ne plus briller, est-ce qu'on y pouvait quelque chose ? Mon père dit : elle ne fait rien de mal, elle a besoin d'être libre. La vie n'a pas été tendre avec elle, laissez-la tranquille mainte- nant. La famille n'a pas insisté parce qu'elle ne voulait pas se brouiller avec mon père qui était si proche de la mort. Il était hors de question de remettre sur la table les problèmes d'héritage. Désormais, j'ai pu aller et venir à ma guise.

C'est à partir de ce moment, je suppose, que mon père a l'idée de m'envoyer dans une pen- sion en Suisse. Il a gardé d'excellents souvenirs de ce pays. Il me décrit les montagnes très enneigées, très hautes. Il dit que les montagnes du Liban sont des collines comparées à celles de

Crans ou de Verbier. Il garde le goût des vrais chocolats chauds servis dans les salons de thé. Ses yeux brillent. Il dit que les Suisses sont les gens les plus civilisés qu'il ait rencontrés, qu'on peut laisser les maisons ouvertes, qu'on fait confiance à l'honnêteté des gens pour payer les journaux dans les caissettes offertes aux passants. La même chose pour les fleurs, on se sert et l'on met l'argent dans une soucoupe. J'écoute son radotage avec bienveillance. Je ne vois pas où il veut en venir, je pense qu'il me parle pour le plaisir. Je lui dis que c'est normal puisque ce sont des gens qui n'ont pas connu la guerre. Il répond que ce n'est pas une question de guerre, que ce sont des gens supérieurs. Je me moque de lui. Je lui dis que je détesterais vivre dans un pays si parfait, que ce que j'aime moi, c'est le bruit et l'odeur. Je répète ces mots sans avoir l'idée de ce qu'il trame. Et soudain je suis angoissée, je le soupçonne de chercher à m'éloigner. Je dis : je ne veux pas partir d'ici, je vais mourir de peine sans toi. Il répond trop rapidement qu'il ne faut pas que je m'inquiète, qu'il avait juste envie de me parler d'un pays qui lui était cher. Après dans nos discussions, pour s'amuser, on appellera la Suisse le « cher pays ».

Il est là dans l'église, debout devant l'autel comme au premier jour. Il me dit qu'il commençait à s'inquiéter, qu'il a failli venir sonner à la porte de la maison. Nous nous sommes embrassés dans l'église, oubliée l'église, enlacés au pied de l'autel où je prie Dieu pour qu'il me protège. Son baiser m'enlevait à la famille. Il me tirait vers lui, vers ce monde sombre tellement plus fascinant que la clarté, ce monde où je jouais à rejoindre ma mère à travers la peau du Français, à comprendre pourquoi cet Occident avait perdu mon père. Chose qui ne m'arriverait pas parce que je ne le permettrais pas. À quinze ans, je croyais encore cette chose, que le destin se plie à notre exigence. Je laissais l'étranger s'emparer de mon corps. Je le regardais faire, je regardais ses mains se servir de moi et je croyais que c'était l'unique manière de faire parce qu'il allait dans le sens précis de mes frémissements et, souvent même, il devançait mon attente. Je n'avais jamais imaginé l'amour avant de le rencontrer, j'étais sûre pourtant que mon imagination aurait été conforme à cette réalité, à cet homme qui me prenait comme son enfant, une enfant fantasque qu'il caressait longuement pour apaiser ses humeurs chagrines. Il était capable de ça, d'oublier son désir pour me donner cette paix, de me cajoler, de répéter que rien n'était vraiment grave, qu'il fallait laisser du temps au temps. Et moi je criais qu'il ne comprenait rien à rien, que son histoire de temps c'était des sottises pour les crédules. Que si tout était simple, il fallait qu'il me dise ce qu'il y avait dans la chambre noire, cette chambre si mystérieuse alors qu'à l'entendre tout était clair et limpide. Le visage contre le mien, il m'écrasait la bouche pour me faire taire et d'un seul coup le désir revenait, parmi les cris qu'on se lançait, une envie d'en découdre, d'en venir aux mains avec bonheur.

Nous nous sommes embrassés. Il voulait me demander quelque chose. Dans son baiser, il formulait sa demande violente et unique : il avait besoin de ma complicité. Il fallait que je le laisse aller jusqu'au bout de sa requête, sans le juger parce que de toute façon le jugement serait faux, je ne savais rien de lui. Je devais essayer de le comprendre. Il n'avait pas besoin de ma réponse tout de suite, cela pouvait attendre une semaine, mais passé ce délai, il devait savoir si c'était oui ou non pour qu'il puisse s'arranger autrement. Il m'a dit aussi qu'il m'aimait, que c'était inattendu cet amour parce qu'il n'avait jamais aimé avant moi, bien sûr des aventures de passage mais l'amour comme ça, le déchirement entre la passion et le devoir, jamais. Puis il m'a parlé.

Mon amant m'a demandé de tuer pour lui.

Il joue avec mes doigts. Il les mordille. Il s'en recouvre les yeux, le visage. Il les lèche quand ils sont sales, même quand ils ne sont pas sales, il les met dans sa bouche, un doigt après l'autre. Il dit que je ne me rends pas compte de l'agilité de mes caresses. Il dit que c'est un bel instrument, qu'il faut que j'en prenne soin. Pour cette raison un jour, il a orné mon doigt d'une bague étincelante. Un bijou de famille, la bague de sa mère, avait-il précisé dans un souffle. Il m'avait dit de ne pas avoir peur, il n'allait rien exiger de moi en retour. Il avait envie de me donner cette bague, pas d'explication à cela. Et maintenant il demande à mes doigts d'appuyer sur la détente d'une arme.

J'ai fermé les yeux en serrant les dents. Derrière mes yeux fermés, je voyais des images que j'enterrais aussitôt. La douleur les chassait de ma mémoire. Il a tendu la main pour m'atteindre mais j'ai reculé. Mon corps ne voulait plus de celui qui m'avait trahie. Je pressais mon cartable contre moi. Mon visage s'est mis à trembler. J'ai dit qu'il fallait que j'aille à l'école, que c'était important que je rattrape les cours. Le lycée c'était toute ma vie, c'est ce qui me resterait lorsque mon père serait mort, un lycée qui m'avait vue grandir, le jardin d'enfants et ses balançoires, les vendeurs de galettes à la sortie de l'école, les bousculades d'élèves, les cerfs-volants qui s'élançaient dans le ciel au temps du bonheur, les couvées de poussins qui piaillaient, que du bruit et de l'odeur, triomphant de la mort qui venait frapper à la porte, cette fois par le biais d'un mercenaire. L'étranger s'était bien moqué de la petite, l'enfant qui portait sa bague comme un bouclier d'or. Elle supplie la douleur de la laisser tranquille, elle ne voudrait pas offrir à son amant un visage tordu par les pleurs. Elle doit rester digne, en toute circonstance. Son père serait fier d'elle. Elle enjambe le vitrail et elle dévale le chemin. Elle dévale le chemin comme si sa vie en dépendait.

Personne n'y voyait clair. L'ennemi était aux frontières, mais il était aussi à l'intérieur. C'était l'ami qu'on chérissait, le chrétien qui vivait à Beyrouth-Est et qui n'osait plus franchir la ligne, c'était l'épicier du coin, l'inconnu qui nous bousculait. C'étaient les mêmes gens d'avant, la même empathie, la même aspiration au bonheur avec cette fois un sujet de friction, un projet personnel qui anéantissait la collectivité. Les gens auraient dû savoir. Il aurait fallu leur rappeler que le civisme n'était pas un fait acquis. Que certaines personnes avaient l'intuition du devoir, que c'était inné chez eux tandis que d'autres attendaient qu'on leur apprenne. Qu'on leur montre ce qui est bien pour le pays et ce qui ne l'est pas. Qu'on les mette en garde contre le patriotisme exacerbé, que c'est une question de dosage. Il fallait leur dire qu'on peut résoudre le problème par une simple interrogation : quel avenir pour nos enfants ?

Personne ne voulait mourir. Les gens prenaient la fuite. Ils montaient comme des voleurs dans des bateaux qui larguaient les amarres en silence. Il n'y avait pas de bras qui s'agitaient, pas de mouchoirs, aucun signe. C'étaient des départs à la sauvette. Les gens ne pleuraient pas. Ils regardaient, hébétés, la ville noire s'éloigner. Parfois, une fusée éclairante explosait au-dessus des maisons qui étaient brusquement dans le jour. Ils poussaient une exclamation devant cet ultime tour de passe-passe et puis doucement la ville s'enfonçait à nouveau dans les ténèbres pendant qu'éclataient les premiers échanges de tirs. Ou alors ils embarquaient dans des taxis qui longeaient la côte avant de s'enfoncer dans la montagne. La mer disparaissait. En même temps que Beyrouth, elle devenait un petit point à l'horizon. Les passagers ne se retournaient pas. Le voyage durait des heures à cause des routes cabossées et des barrages. Les véhicules arrivaient enfin dans la plaine de la Beqaa, à travers les champs de haschich. Ils déposaient les passagers à la frontière, là où d'autres voitures attendaient leur tour puis ils repartaient en sens inverse. Le chauffeur klaxonnait pour dire au revoir en faisant un signe de la main. Je ne sais pas pourquoi, il donnait l'impression d'être du bon côté de la barrière pendant que les autres, les voyageurs, se sentaient tout à coup orphelins.

Les Libanais se sont installés partout. En France, au Canada, en Afrique, en Suède, partout ils ont monté un commerce. Ils l'ont rendu florissant. Au début, ils parlaient de revenir. À la fin de la guerre, ils vendraient leur commerce et ils rentreraient au pays. Peu à peu, la guerre les a fatigués. À coups d'espoirs déçus, de traités non respectés, d'embrasement généralisé, elle les a eus à l'usure. Maintenant, ils parlent du pays avec une infinie douceur mais avec toujours une douleur. Partout l'exilé imprime la nostalgie du paradis perdu.

C'était la faute d'Asma si nous étions encore là. Nous aurions pu nous exiler dans l'appartement avenue Paul-Doumer à Paris mais, dès que le sujet était abordé, elle interrompait la discussion et sortait son éventail. C'était le signe que le sujet était clos. Je soupçonne que nous sommes restés à cause de mon père. Il était comme les parents de disparus. Il refusait de quitter la maison familiale au cas où sa femme viendrait taper à la porte. Il voulait être là pour lui ouvrir. Pour le couvrir, Asma disait avec son ironie coutumière qu'elle était trop grosse pour bouger, que le bateau coulerait. Elle décrétait qu'un naufrage suffisait et on ignorait s'il s'agissait du naufrage du pays tout entier ou de celui de son fils tout court.

Asma Itani, ma grand-mère. Le nom de jeune fille ne vous dit rien, ici il est synonyme de respectabilité, de grande richesse. Ce qui frappe d'abord chez Asma, ce sont ses yeux très clairs, presque transparents. À soixante ans passés, ces yeux n'ont rien perdu de leur beauté. Ils font oublier le corps. Avant le corps était splendide, un poème arabe. Elle est née pendant la Première Guerre mondiale, sous mandat français. Elle est fiancée à douze ans. À quatorze ans, elle est mariée avec un homme désigné par la famille depuis sa naissance, nimbé de respectabilité lui aussi. Elle lui donne des enfants. Donner prend son vrai sens : elle a onze enfants. Ce qu'elle fait de sa vie, d'une grossesse à l'autre, est simplement incroyable. Cela pour s'occuper, pas pour l'argent, peut-être par goût du pouvoir. À l'époque, le Liban est encore sous la tutelle de la France. Avec la permission de son mari, elle ouvre un hammam réservé aux étrangères. Elle l'aménage dans l'annexe de la maison familiale. Le succès est immédiat, le hammam ne désemplit pas. Elle devient la préférée des Françaises, la confidente absolue. Ma grand-mère est toujours aimable, très souriante. Elle promène sa silhouette élancée dans les pièces feutrées du hammam. Elle offre des loukoums, elle glisse une caresse par-ci par-là en tendant l'oreille pour recueillir les confidences. Le soir, elle raconte à son mari ce qu'elle a entendu. Ce sont parfois des informations importantes qui sont répétées plus haut, dans les sphères arabes. Une fois, il y a une descente de la police qui ferme le hammam. Asma ne bronche pas, elle a confiance en ses amies les Françaises. Elle a raison, l'établissement rouvre ses portes le lendemain. C'était une femme moderne avant l'heure. Elle ne faisait pas grand cas de sa beauté. Elle avait cette chance d'être assez belle pour se détourner de l'aspect physique. Elle voulait juste quelque chose de plus que faire des enfants.

À la demande de son mari, elle organisait de grandes réceptions. Il y avait là tous les notables du pays accompagnés de leurs épouses. Les femmes se réfugiaient dans un salon. Elles n'avaient pas le droit de se montrer. Elles lorgnaient par le trou de la serrure en faisant des commentaires. Les hommes parlaient de politique. Ils parlaient des chiens de Français. Ils n'arrivaient pas à dissocier ces deux mots. C'était devenu une nationalité à part entière : chien de Français. Mon grand-père prenait la parole. Il était très respecté. Lorsqu'il donnait son avis, les autres se taisaient. Il était patriote dans l'âme. Il pouvait parler jusqu'au dîner, personne ne l'interrompait. Souvent il s'éclipsait à la fin du repas en évoquant de vagues excuses. La suite de la soirée ne l'intéressait pas. La danseuse du ventre, les regards allumés, l'argent que les hommes coinçaient dans le soutien-gorge de la fille, les bouteilles d'alcool qui circulaient, il détestait perdre son temps. Asma était chargée de renvoyer tout le monde. Elle s'acquittait de sa tâche avec sa grâce habituelle. Jamais elle ne se fâchait. Même quand son mari portait la main sur elle, elle restait de marbre. Elle avait un sens des valeurs poussé à son paroxysme. Elle était la fille Itani.

Son obésité reste pour moi une énigme. Elle contrarie l'image de la femme volontaire. Peut-être que c'était trop lourd à porter cette beauté orientale, ces yeux bleus avec ces cheveux noirs et ce corps de statue dans un pays où les gens sont replets. Encore maintenant je me souviens de sa grâce. Rien ne peut l'effacer, elle a traversé les années, la vieillesse, l'éloignement. Elle est intacte. L'obésité n'a pas de prise sur le souvenir. Elle est un détail aussitôt mis de côté.

Quand je suis petite, je la regarde tout le temps. Elle me chasse d'un revers de la main comme on chasserait une mouche, je reste collée à ses basques. Je suis fascinée par elle. Elle n'est pas encore obèse. Je l'observe pour essayer de trouver qui elle est. D'où lui vient cet ascendant naturel, comment elle a réussi à faire plier le gouvernement français. Surtout si c'est vrai cette histoire, cette légende du bel officier français qui s'est tué d'amour, une balle au milieu du cœur, en lui léguant l'appartement avenue Paul-Doumer à Paris.

Elle est morte tout de suite après l'autre mort, celle de mon père. Pendant la nuit, elle est sortie de son lit comme une jeune femme. Elle a descendu le long escalier qui mène au jardin. Mes tantes ne l'ont pas entendue. Elle a traversé l'allée envahie par les broussailles jusqu'à l'annexe. Le hammam était en ruine. Les combats de rue avaient pulvérisé le bâtiment. Elle s'est adossée à un pilier face au bassin de mosaïque. Asma a récité quelque chose à voix basse. Était-ce un verset de Coran ? Était-ce les mots en français que lui avait appris son amant ? Ou ce poème d'Auden qu'elle affectionnait tant ? Au loin, quelqu'un a lâché une rafale de mitraillette. Elle n'a même pas sursauté. Elle était déjà ailleurs, les yeux translucides dans le noir de la nuit.

La bonne l'avait découverte au petit matin. À l'heure de la toilette de sa maîtresse, elle avait toqué à la porte de sa chambre sans obtenir de réponse. Elle avait pris sur elle de pousser la porte et d'entrer dans la pièce. Les draps du lit étaient tendus et les oreillers intacts. La bonne avait poussé un hurlement parce qu'elle jurait qu'en cet instant où elle se trouvait au milieu de la pièce en train de s'interroger sur cette mystérieuse disparition ma grand-mère était apparue dans la splendeur de sa jeunesse, illuminée comme un ange. Elle avait alors compris que c'était la dernière fois qu'elle voyait sa maîtresse. Elle était tombée à genoux et elle s'était mise à sangloter.

Ma grand-mère est déjà enterrée lorsqu'on m'annonce sa disparition. Je vis en Suisse selon le souhait de mon père. La directrice de la pension m'a convoquée dans son bureau. Je pense qu'elle veut encore m'encourager à sortir de ma chambre pour me mêler aux activités de groupe. Je comprends à son air embarrassé qu'il s'agit d'autre chose. Elle dit des mots très délicats. D'abord je refuse d'entendre et puis brusquement, de manière fulgurante, l'information traverse l'esprit. Elle s'insinue dans le sang jusqu'au bout des ongles enfoncés dans la paume des mains. Morte. Asma. Deux mois après le père. La douleur est intolérable, elle est une douleur vive sur une autre douleur vive. Là, en un instant devant la directrice horrifiée, j'ai glissé dans la douleur sauvage et j'ai oublié d'exister.

J'ai appris les détails de la mort d'Asma par la bouche de sa bonne. Mes tantes n'ont pas jugé utile de m'en parler. Du jour au lendemain, avec la disparition de ma grand-mère, j'étais devenue une étrangère. Ils m'ont quand même indiqué où elle reposait, dans le cimetière de pins, à côté de son fils préféré. J'ai marché dans le cimetière de pins. J'ai enjambé les arbres frappés de plein fouet par les obus. J'ai contourné les trous de terre labourés. Je suis enfin arrivée devant le marbre rose et le marbre gris. Je me suis allongée sur la pierre et, une à une, j'ai embrassé les rides des personnes aimées jusqu'à ce qu'elles disparaissent. Après seulement, j'ai pu m'en aller sans me retourner.

La mer rythmait les heures du jour depuis le lever du soleil jusqu'au crépuscule. Elle était notre accompagnatrice, une confidente. On l'aimait d'une tendresse secrète ou méconnue. L'attachement venait sans se rendre compte du fait de la voir chaque matin et, en la quittant le soir, d'être sûr qu'elle y serait le lendemain. Durant l'été, pendant des semaines, le ciel se confondait avec la mer. Il était piégé par son propre reflet. Jusqu'à l'horizon, sur des kilomètres, la mer avalait le ciel sans que la tache d'un nuage ne trouble le mirage. La terre n'était plus ronde, elle devenait plate. Il n'y avait plus de limites à cette vaste étendue d'eau qui célébrait ses noces avec le ciel.

Cette mer, je l'ai prise avec moi. Où que j'aille, je revois l'étendue bleue. Elle n'est pas sensation d'aridité, elle est pur éclat. De jour comme de nuit. De nuit, cette lumière retrouvée dans la lune dessinait les silhouettes et les maisons. Elle détachait les minarets et les clochers d'église. Elle était prétexte à ouvrir grand les fenêtres, à sortir pour flâner dans la ville. Même les nuits de danger étaient peuplées. Pareillement, de n'importe quel bord, les gens affluaient vers la corniche pour boire un café ou se promener ou simplement pour s'asseoir sur les rochers les pieds dans l'eau. On se mêlait aux gens de la corniche. Lorsque mon père était triste, il me réveillait pour aller voir la mer d'été.

Je me souviens du bruit de ces nuits. Il est un long chuchotement ponctué de rires étouffés jusqu'à la dispersion totale de la nuit. C'est le son des veillées d'Orient, à nul autre égal.

Elle ne donne pas sa réponse. Comme d'un commun accord, ils n'abordent pas le sujet. Elle essaie de se convaincre qu'elle a rêvé. Que cette phrase qu'il a formulée, qu'elle tue pour lui, cette requête extraordinaire n'a jamais existé. Tout est pareil entre eux, les gestes, les paroles, et pourtant rien n'est vraiment pareil. Ils faisaient comme d'habitude, elle poussait la porte de l'appartement en se précipitant dans ses bras, il la portait jusqu'au lit en riant, il l'appelait sa « sauvageonne » toujours mais c'était devenu grave. Pendant l'amour, elle plongeait son regard dans le sien pour deviner qui il était, cet amant de France. Pourquoi il vivait dans cette tour à Beyrouth loin de son pays, pourquoi il avait choisi un métier si dangereux, pourquoi il était solitaire sans amis, sans famille, pourquoi elle ne savait rien de lui, pas la moindre information qui puisse l'aiguiller, pourquoi au fond de ses yeux cette lueur morte, pourquoi ? Elle répétait ses questions muettes pendant qu'il la caressait, pendant qu'il la humait les yeux fermés, les cils noirs rabattus sur le mystère, l'air chaud parcourant son corps d'adolescente. Délicieux corps qui n'en finissait pas de s'étendre, tentaculaire, sous les poussées rageuses de celui qui attendait sa décision, qui la voulait positive cette décision et qui, de ce fait, s'enfonçait dans l'intérieur de l'enfant pour vaincre ses réticences.

Son corps à elle est là et, l'instant d'après, il n'y est plus. Il part dans le jeu. Il peut s'allonger en traversant les murs et se perdre dans l'univers. En aucun cas, il ne se soumet aux injonctions de l'autre. Il est d'une candeur redoutable. L'amant sent cela. Il la ramène vers lui pour retenir le corps. Il n'essaie plus de la convaincre, il veut qu'elle revienne auprès de lui encore un moment. Elle est devenue sa raison de vivre. Il ne lui en parle pas pour ne pas l'effrayer. Est-ce qu'elle comprendrait seulement ? Peut-être que ça l'arrange de penser ça, qu'elle en est incapable, pour qu'il n'ait pas à poser des mots sur les choses comme autant de petites déflagrations. Je crois qu'il préfère taire les mots.

Il pose sa main sur sa nuque gracile. Depuis qu'il a posé ses mains sur son corps, la jeune fille n'a plus honte de ressembler à un garçon manqué. Elle n'envie plus ses camarades de classe qui portent leurs seins en avant et qui font saliver les garçons. Elle n'est plus inquiète, elle pense que ce corps ingrat fera son chemin entre des mains d'hommes habiles qui lui donneront les formes rêvées. C'est une certitude qu'elle a acquise en regardant les photos que son amant fait d'elle. Il dit : regarde comme tu es belle. Elle ne voit pas cette beauté dont il parle. Elle voit un être chétif qui ressemble à un garçon. Elle voit des cernes, un sourire forcé, elle lit la pensée des yeux avant que le déclic n'ait eu lieu. Là, elle se rappelle qu'elle était inquiète pour la santé de son père. Elle lit cette inquiétude dans la photo ou la peur parce qu'elle est en retard, ou le questionnement de l'amour, est-ce qu'il m'aime ? Il y a un tas d'informations dans les photos qu'il fait d'elle sans que jamais sa beauté ne lui apparaisse. Elle voudrait une fois ne pas se reconnaître dans une photo pour pouvoir se juger sans parti pris, pour être à même de dire ce qui lui plaît ou lui déplaît dans celle-ci sur le papier sépia, cette inconnue dans sa vérité crue qui se révèle être moi.

Il n'était pas correspondant de guerre. Elle n'avait pas deviné tout de suite parce qu'elle était éblouie par la chance que le destin lui avait réservée, cette coïncidence de rencontrer un homme qui venait de Paris comme sa mère. Elle y voyait la main de Dieu. Tout ce temps, pendant qu'elle courait sur la ligne de démarcation, elle avait prié à voix haute. Elle répétait : Dieu protège-moi, je n'ai rien fait de mal. Elle avait peur de tomber sur des miliciens qui la viole-raient et la tueraient, c'est sûr. On racontait ces choses du côté ouest de Beyrouth, que les mili-ciens chrétiens étaient drogués et sans pitié. On disait aussi qu'ils obligeaient leurs victimes à embrasser la croix. Toutes sortes de saloperies circulaient dans les deux camps, personne n'était en reste. Nous étions soumis à la loi du plus fort, de l'imbécile armé qui raflait les réserves de pain au nom du parti, de celui qui tirait en l'air sans raison apparente, du complexé, du fervent disciple. Quand il lui avait parlé, la jeune fille avait été soulagée parce qu'il n'était ni chrétien ni musulman, il était français. Avec lui la peur avait disparu, la mort était apparue moins grave. Après, elle avait commencé à penser à ce métier de correspondant de guerre. Mais cela ne l'intéressait pas de savoir. C'était sa vie d'homme qui n'intervenait pas dans la sienne, du moins elle le croyait, jusqu'à ce qu'il lui demande de devenir une tueuse, une qui tient une arme, qui vise et qui tire.

Tuer qui, d'abord ? L'amant ne s'était finalement pas trompé. Dans sa tête, elle avait déjà accepté d'entrer en matière. Elle envisageait cette possibilité puisqu'une première question était posée. D'autres suivront aussitôt, comment, quels moyens, où, pourquoi. Et puis elle rejetait l'idée d'un bloc, horrifiée, détestant cette fierté qu'elle ressentait à l'idée que cet homme l'avait choisie elle comme complice, et qu'il la devinait capable d'être à la hauteur. Elle avait décidé de ne plus le voir mais ce n'était pas possible, c'était au-dessus de ses forces. Chaque matin, elle se retrouvait au bas de l'immeuble dans sa robe verte et ses bottes militaires, hésitant entre l'envie de monter et la honte d'y céder. Un pas après l'autre, elle grimpait jusqu'au sommet de la tour en se jurant que c'était la dernière fois. Elle n'avait pas le temps de rebrousser chemin, il était déjà au courant de sa présence. À n'importe quelle heure, lorsqu'elle déboulait, il savait d'avance qu'elle était là. L'amant avait le don de deviner sa présence, partout, sur le chemin de l'école, le long de la ligne de démarcation, au pied de l'immeuble, c'était magique. Il l'accueillait avec un étonnement feint pour ne pas lui gâcher sa surprise. Il ouvrait grand les bras avec un large sourire, elle s'y précipitait le cœur battant. Jamais son cœur à lui ne battait comme le sien. Il était un cœur d'adulte aguerri, un organe froid en plein milieu de l'été.

Maintenant, la jeune fille sait que la réponse est dans la chambre fermée à clef. Elle comprend qu'une fois le seuil franchi, elle ne pourra pas reculer. Il lui faudra faire avec ce qu'elle découvrira. Seulement, elle doit se décider. D'une façon ou d'une autre, elle le doit.

Sur le chemin qui mène au lycée, les cailloux sont brûlants. Il y a une odeur de pourriture, des douilles jonchent le sol. Je fais attention où je pose les pieds, une fine poussière recouvre mes bottes. Il n'y a pas un souffle d'air. Je peux crier, le cri restera suspendu où je l'ai sorti, il n'ira se faire entendre nulle part, puis il retournera dans ma gorge pour que je le sorte encore. Aujourd'hui j'ai peur, je ne suis pas tranquille. Rien n'a changé, personne ne viendra m'embêter, je le sais, mais j'ai peur. Pour la première fois, j'admets que c'est de la folie d'aller au lycée dans ces conditions, que mon père n'aurait jamais dû le permettre. Je m'efforce d'aller lentement sans faire de bruit. Bientôt, j'aperçois la grille du lycée. Elle est fermée comme d'habitude. Lorsque je suis en retard, je vais frapper à la loge du concierge qui m'ouvre sa porte. Il me propose toujours un petit bout de galette au thym avec une gorgée de thé sucré. Le concierge est absent, il a tiré les volets de sa loge. Je l'appelle en espérant qu'il va venir m'ouvrir. La peur de tout à l'heure, c'était celle-là. Ce sentiment que les choses étaient en train de bouger à mon insu, en dehors de moi. J'appelle fort : Abou Michel ! J'appelle Monsieur Roux aussi. Ils ne me répondent pas. J'escalade la grille. Je traverse la grande cour. Je vais dans les couloirs, je dévale les escaliers, je me précipite jusqu'au bureau du directeur, vide. Le lycée est désert. Ils sont partis, ils m'ont laissée seule. Personne ne m'a avertie. Peut-être ont-ils appelé la maison et après avoir attendu une connexion sans espoir, une tonalité au bout du fil, ils ont raccroché en pensant que je m'en rendrais bien compte sur place ? Ou ils ont décidé d'envoyer une circulaire pour nous informer que le lycée allait fermer, un papier imprimé resté sur le bureau parce qu'ils se sont souvenus que la poste, elle aussi, avait fermé. Bien longtemps avant eux, la poste, les banques, et à présent le Lycée franco-libanais, la France qui se déliait de sa promesse et qui prenait ses cliques et ses claques. Clac, le bruit des malles qu'on boucle retentit dans ma tête. Monsieur Roux avait-il pensé à la petite musulmane qui risquait sa vie pour le lycée ? Il ne fallait pas se leurrer. Il avait surtout eu hâte de sauver sa peau et de rentrer chez lui. Derrière la baie vitrée, une dernière fois, il avait regardé la cour maudite puis il était parti. Cette cour où Layal avait posé sa bouche sur la mienne. Je voudrais qu'elle soit là. Elle est tellement radieuse. Elle me prendrait dans ses bras Layal et je lui parlerais. Je ne parle plus avec mon amant, ni avec mon père. J'ai besoin d'entendre une voix aimante pour m'arracher du silence, que le lycée prenne vie de nouveau, que la cloche sonne, que la voix du surveillant nous ramène à l'ordre. Toutes ces choses qui maintenaient l'illusion d'une vie normale sur laquelle la violence n'avait pas de prise. Autour de moi, le silence est de plomb, la chaleur est étouffante. Les hommes armés ne vont pas tarder à arriver, c'est une question d'heures, de minutes. Des miliciens qui sauteront du camion de la victoire et qui forceront les portes pour emporter leur butin de guerre. Ce qu'ils n'emportent pas, ils le cassent. Ce qu'ils ne cassent pas, ils le brûlent. S'ils me trouvent, je suis morte. À mon tour, il me faut partir, abandonner.

Je me suis baissée. J'ai cherché une pierre. J'ai pris mon temps pour la trouver. Je voulais une pierre parfaite, lisse et ronde comme un globe terrestre. D'un seul élan, j'ai tendu mon corps le plus haut possible, le plus puissant. Je songeais à cette France qui m'avait laissée tomber. La pierre était forte au creux de ma main. J'ai retenu mon souffle et j'ai lancé le projectile. C'était impossible que je rate la baie vitrée. La pierre a décrit une ligne nette, sans état d'âme. Elle a touché le verre qui s'éparpille en mille éclats, mille brillants qui fusent dans le ciel et puis retombent à mes pieds, des bouts de cristaux soudain devenus sans importance.

J'ai oublié les mots que le journaliste avait utilisés dans le bulletin d'information du matin. Je ne sais plus s'il avait dit que les Palestiniens avaient été tués ou s'il avait utilisé le terme exact : massacrés. Je crois que le mot massacre s'était imposé depuis le début, du moment où le soleil avait éclairé les camps de réfugiés et que l'ampleur du carnage était apparue. Ils n'étaient pas des dizaines ou des centaines, ils étaient des milliers de réfugiés qui avaient été surpris dans leur sommeil et alors tués pour venger l'assassinat d'un chef. Un mort contre trois mille, la barbarie était totale. En quelques secondes, l'horreur a gagné la ville. Les sirènes d'ambulance couvraient nos cris pendant que les détails du massacre se répandaient dans les rues de la capitale et nous faisaient éclater en sanglots. Les adultes comme les enfants, les hommes comme les femmes, ils écoutaient et se mettaient à pleurer, les hommes avec la dignité arabe qui sied, les femmes avec le poing serré sur le ventre pour empêcher le monstre de sortir, celui que d'autres avaient mis au monde, un monstre qui avait été d'abord un enfant innocent, il faut s'en souvenir, un qui portait les plus beaux espoirs. De toute évidence, Dieu n'existait pas. Cela avait été une erreur dès le début de penser qu'il allait sauver le pays de sa folle dérive. On s'était moqué de nous avec ces prières à répéter du matin au soir. Voilà, on allait cracher sur ces prières, c'est ce qu'on allait faire et tout irait mieux. Mais rien n'allait mieux. Les gens pleuraient les morts et continuaient de prier malgré l'injustice, ce flot continu de peines qui soulevaient leurs cœurs.

Dès l'instant où il y avait eu le premier assassinat vengé par le premier massacre, la paix était devenue irrécupérable. De cet événement, la mort s'étendait à tout le pays.

Ma première pensée avait été pour Sami. Il ne pouvait pas figurer au nombre de ceux-là, le corps massacré gisant par terre. L'injustice aurait été trop flagrante. Il n'avait rien demandé à personne, rien. Il faisait les choses de son côté, il apprenait tout seul à lire et à écrire. Il voulait savoir lire en français et en anglais. Il avait soif d'apprendre parce qu'il était sûr que la connaissance le sauverait de la misère, qu'elle lui ferait oublier ses jambes en moins. C'était quelqu'un qui n'avait pas peur. Il prenait des paris sur l'avenir. Il avait des phrases qui commençaient par « quand je serai à l'étranger » et qui finissaient par « tu verras ». Je n'aurais pour rien au monde échangé ma place contre la sienne et pourtant, tout à coup, sa place me paraissait enviable grâce à ce qu'il était lui, fort et serein.

Je savais peu de choses sur son compte, on ne parlait pas de nous. On se disait des bêtises. On discutait d'armes, de motos, de combats beaucoup. On développait ensemble des plans de bataille qui nous faisaient la part belle, il s'arrangeait toujours pour me protéger. À la longue, j'avais fini par le considérer comme mon ange gardien. Je pensais que rien ne pouvait m'arriver tant qu'il était là et cela supposait de façon inconsciente que, tant que j'étais en vie, lui devait l'être puisqu'il était l'ange, le gardien qui avait promis de veiller sur moi. Je connaissais toutes les catégories d'armes qui servaient à combattre, les noms des motos qu'il achèterait plus tard mais j'ignorais que je l'aimais à ce point. La mort était intervenue pour rétablir la vérité.

Le pire, c'était cette distance. C'était arrivé près de chez nous, pas très loin de l'endroit où l'on dormait sans que personne ne soit inquiété. L'intuition du malheur n'existait que dans notre imagination, nous l'avions inventée pour qu'elle nous serve de carapace. En vérité, le malheur était incontrôlable. On le vérifiait pendant que le délégué de la Croix-Rouge cherchait dans les listes de tués le nom émis par un proche tremblant. Autour de moi, les femmes s'étaient calmées, la tête recouverte par un châle noir elles pleuraient en silence. Même si le nom n'y figurait pas, elles restaient avec les autres et continuaient de pleurer. C'était le jour le plus terrible de ma vie. J'ai compris pendant cette journée que mon père était faible comme le disait ma mère avec son petit sourire, que leur histoire n'avait finalement pas beaucoup d'importance. Ils s'étaient rencontrés, ils s'étaient aimés, puis le couple n'avait pas tenu. Cela n'avait pas été plus grave que ça, pas de quoi en finir. En ce moment précis, je n'en pouvais plus de mon père et de son histoire d'amour raté. Je ne pouvais plus le supporter. Je crois que le visage de tueuse est apparu nettement à partir de là, dans cette grande salle blanche où se pressait une foule noire. Elle ondulait vers les listes de disparus et se retirait brusquement quand le fond de la douleur était atteint. Il me semblait que ce mouvement ne s'arrêterait jamais. Je voulais savoir ce qui était arrivé à Sami mais j'avais oublié son nom. Je crois qu'il ne me l'avait pas dit. On discutait d'armes et de motos, rarement de nous. On parlait de quand on serait grands, quand on serait loin d'ici. On était confiants, on pensait que le présent n'arriverait pas à nous attraper.

Le jasmin et le gardénia ne fleuriront plus. Les vendeurs ambulants apostrophent les passants pour qu'ils achètent leurs colliers. Ils s'approchent des voitures et tapent aux vitres en tendant leurs bras couverts de pétales immaculés. Ils crient le nom des fleurs mais personne ne se soucie d'eux. De dépit, ils se débarrassent des colliers. Ils les jettent par terre en insultant les gens. Ils les maudissent de génération en génération.

Je suis restée dans le dispensaire des journées entières, je ne pouvais plus bouger. Il me semblait que si je sortais à l'air libre, si je me remettais à vivre comme avant, alors le malheur avait gagné. Je ne voulais pas que le malheur gagne, je voulais anéantir le malheur. Je suis restée immobile dans ma chambre des heures et des heures et puis, un matin, j'étais prête. Je me suis réveillée au petit jour et je suis sortie de la maison. J'ai traversé le quartier qui porte le nom de mon grand-père jusqu'à l'avenue dangereuse. C'est l'avenue qui surplombe la mer. Celle des hôtels de luxe habités par les prostitués. Il n'y a plus de portes dans les chambres. Il y a les soupirs des prostitués, les combattants farouches, le vent chaud de la mer quelquefois. Je suis descendue jusqu'à l'ancien port et j'ai longé la corniche. Je suis passée devant la grotte aux pigeons. J'ai continué en direction de la grande plage blanche jusqu'au Coral Beach. De là, j'ai obliqué vers les camps de réfugiés. J'ai parcouru les chemins de boue et puis j'ai enfin atteint la ligne de démarcation. J'ai enjambé les ruines, la ferraille, les pneus, la pourriture. Du moment où mes jambes me portaient, j'étais heureuse. Je suis arrivée au bas de la tour et j'ai gravi les escaliers. Mon amant ne m'attendait pas, il dormait à poings fermés. Je l'ai trouvé vraiment désirable. Je me suis penchée sur son visage et j'ai embrassé ses lèvres chaudes. C'était merveilleux d'embrasser une bouche vivante. Grâce à cette bouche, je n'avais plus peur d'aller avec l'étranger. Je le lui ai dit. J'ai dit que j'étais prête. Une semaine, jour pour jour, je lui délivrais ma réponse.

Il m'a expliqué lorsque je me suis réveillée plus tard dans ses bras. Il a dit que je devais le couvrir. C'était la première étape. Il devait accomplir une chose importante et il avait besoin de mon aide. La solution c'était moi, il ne pouvait faire confiance à personne d'autre. Il n'y avait pas de crainte à avoir si je suivais ses instructions, il était sûr que je m'en sortirais. Je lui ai demandé : et si ça tournait mal ? Imperturbable il est. Pas de réponse, un regard tranchant aussitôt dompté, une façon de signifier que ça ne figurait pas dans ses plans.

Ça se passerait en plein midi, dans un café du centre. On descendrait de la voiture pour aller manger et puis il s'éclipserait un moment à la fin du repas pour discuter avec une connaissance. C'était tout. Je riais, j'étais enchantée. Je répétais qu'il m'avait tant fait peur pour ça, pour cette invitation à partager un repas en sa compagnie. Lui ne disait rien, fâché parce que je prenais les choses à la légère. Comment voulait-il que je les prenne ? Après la mort de Sami, tout était miraculeusement léger même si le pistolet devait rester chargé sous la robe à volants. Pour donner le change, il m'avait offert de belles sandalettes. Il avait choisi exprès des chaussures sans talon. En regardant ailleurs, il avait ajouté qu'elles seraient pratiques si je devais soudain me mettre à courir.

Dès le moment où j'avais dit oui, il était devenu insatiable. Il se comportait comme avant pour ne pas m'effrayer, je pense qu'il sentait que sa puissance était effrayante, mais ses gestes le trahissaient. Une fois la date de la rencontre fixée, son corps exprimait sa reconnaissance. Il désirait encore et encore celle qui avait accepté de l'aider sans rien savoir sinon le minimum, une preuve d'amour absolue à ses yeux. Il disait : j'ai envie de te prendre, c'est plus fort que moi. Il posait ses mains brûlantes sur mon corps, son sourire était chaud. Il disait qu'il ne s'était jamais senti aussi vivant. Je lui demandais s'il avait connu cela avant moi. Il en riait d'étonnement. Il disait : je ne m'en souviens pas. Et lorsque j'insistais, il me faisait taire en me caressant parce qu'il savait que c'était le seul moyen de me perdre dans la jouissance. Il me caressait et il me regardait partir, loin toujours plus loin jusqu'au moment où son regard me rattrapait. Sa sauvagerie était restée entière dans le bonheur. Durant le bref instant où son regard m'attrapait, cet homme aurait pu me dévorer.

L'aéroport de Beyrouth avait été durement touché, les avions étaient paralysés sur le sol. On apercevait de loin les ailes figées sur le tarmac. C'était déjà arrivé mais on avait du mal à s'y faire. Le bruit assourdissant des avions qui atterrissaient au-dessus de nos têtes nous manquait. Sans ce vacarme, on avait l'impression que le monde nous oubliait. Dehors, les avions continuaient à aller partout dans ce monde sauf chez nous comme si nous étions rayés de la carte. Il suffisait pourtant de quatre heures pour être en Europe, le temps de voir la terre s'éloigner par le hublot et de survoler la mer. La durée du voyage était anormale, elle allait à l'encontre du sentiment de séparation. À peine le temps de sécher ses yeux, la nouvelle terre était là. La rupture était étourdissante.

Mon père voulait que je parte. Il l'avait exigé avec des mots sans appel, des paroles qui contrariaient son visage très doux. Je ne le reconnaissais plus. Je l'avais supplié de me garder avec lui, je lui avais dit que c'était impossible que je me détache de lui maintenant, qu'il devait le comprendre, que j'avais besoin de temps pour m'habituer à cette séparation, un an encore, peut-être moins, que ce n'était pas grave que l'école soit fermée parce que j'étais intelligente et que je rattraperais le retard, il le savait que j'étais capable de tenir ma parole, je lui avais demandé d'imaginer quelle serait ma vie dans cette pension de filles en Suisse, loin de mes racines, de ce pays qui m'avait vue grandir et surtout loin de lui qui risquait de mourir d'un jour à l'autre. Mon père avait répondu que je voyagerais en voiture puisque l'aéroport était fermé.

J'étais entrée dans une rage froide. Je lui avais dit des choses terribles, des phrases sur sa lâcheté. Quelque chose qui avait un lien avec sa manière de gérer sa vie. Mon père n'avait pas répondu. J'avais continué. Je lui rappelais que de toute façon je n'en ferais qu'à ma tête, comme ma mère. Qui m'en empêcherait ? Sûrement pas lui. Je lui avais dit que je comprenais pourquoi ma mère l'avait quitté et j'étais sortie.

Il y a eu un avant et il y a eu un après.

Il y a eu un avant où le Liban, même en guerre, ressemblait au pays de l'enfance. Où la ligne de démarcation était un jeu innocent, un fil tendu sur lequel elle avançait en équilibriste. Des deux côtés du fil, l'amour l'attendait. C'est pourquoi elle avait la force de s'élancer avec la légèreté de celle qui se sait aimée. Devant la grâce, la nature s'incline. La vie ouvre grand ses portes. Elle ne courait pas croyant sauver sa peau, elle ne tirait pas croyant tuer, elle ne faisait que marcher dans le pays de son enfance avec les yeux bandés.

Il y a eu un après. Lorsque la date de la rencontre avait été là et qu'elle avait enfilé sa tenue fétiche devant le miroir, la robe verte sur le pantalon, malgré les protestations de l'amant. Ils étaient entrés dans ce restaurant en bordure de mer, il n'avait pas de rendez-vous avec quelqu'un. Durant le repas, il lui avait demandé si elle était prête et, avant d'attendre la réponse, il avait sorti son pistolet pour abattre froidement un homme important. L'homme important avait eu un hoquet de surprise. Elle n'avait rien vu d'autre. Elle avait plongé sous la table et l'enfer s'était déchaîné. Les gens tiraient en hurlant et, comme elle n'en pouvait plus de ces hurlements, elle s'était mise à tirer pour les faire taire. Rampe, saute, roule, un geste s'enchaînait après l'autre. Elle les entendait hurler : la fille en vert ! la fille en vert ! Elle vidait son chargeur pour sauver sa peau et arrachait la robe. Elle l'avait envoyée dans les airs et aussitôt son envol s'était interrompu. L'étoffe était retombée, criblée de balles comme le corps aurait pu l'être. Le corps de l'enfant s'était mis à courir à en perdre haleine, à travers les ruelles de la ville, à courir et à sangloter longtemps encore après que le danger fut passé.

Elle pleurait lorsqu'elle était arrivée chez lui. Elle avait appelé mais il n'y avait pas eu de réponse. La porte de la chambre secrète était entrouverte. La jeune fille l'avait poussée. Elle voulait en finir avec les secrets. Elle avait eu un hoquet de surprise, le même que l'homme tout à l'heure lorsqu'il avait été touché de plein fouet. Des photos jonchaient le sol. C'étaient les siennes mais aussi celles de dizaines de personnes en train de franchir la ligne. Ses photos à elle riaient pendant que les autres pleuraient toutes, des images de gens apeurés, fauchés en pleine course. À proximité de la fenêtre, il y avait un fusil à lunette : le fusil du franc-tireur. Il n'était pas correspondant de guerre. Il était celui qui avait menti depuis le début, depuis le premier jour où elle s'avançait vers lui le cœur battant et qu'il avait toutes les chances alors de ne jamais tricher parce qu'elle ne demandait rien. Elle avait été si naïve de croire que le destin lui envoyait un tueur sans cœur. Elle pleurait, elle riait, elle insultait le destin. La jeune fille avait posé son œil contre la lunette du fusil. Il fallait qu'il paie pour tout, pour l'insulte faite au père, à la fille, aux pauvres gens qui avançaient dans la vie, au mieux qu'ils pouvaient, au plus près de l'espoir. Dans le viseur, elle voyait le lycée, l'église, les maisons, la grande ligne qui séparait la ville en deux. Elle voyait comment il se sentait fort au haut de sa tour et comme les autres étaient à sa merci. Soudain, l'amant s'était trouvé dans le viseur. Il avançait vers elle d'un pas serein. Il n'avait pas l'air de quelqu'un qui venait de tuer, il ressemblait à un homme heureux. Il tenait sa robe verte dans la main, ça l'avait émue. À un moment, il s'était arrêté et avait regardé autour de lui. L'homme avait alors porté le tissu à ses lèvres puis, d'un geste définitif, il l'avait expédié dans les ruines. Sa main n'avait pas tremblé lorsque le coup était parti. Elle n'avait pas vérifié dans l'œil de la lunette si elle l'avait tué, c'était inutile. En sortant, elle avait posé son pistolet en argent sur la table.

Elle avait aussi retiré les belles sandalettes. Elle n'aurait plus besoin de courir. En fait, elle était fatiguée de courir. Elle allait tranquillement rejoindre son père et lui obéir. Elle voulait apprendre à marcher comme les autres. Comment faisaient-ils ? Un pas après l'autre, marcher doucement dans la quiétude des jours heureux.

DU MÊME AUTEUR

Aux Éditions Gallimard

LA MAIN DE DIEU, 2008 (Folio n° 5035).

Chez d'autres éditeurs

SOUVIENS-TOI DE M'OUBLIER, L'Âge d'Homme :
Société suisse des auteurs, 2001.

À DEUX DOIGTS, Favre, 2004.

Composition Imprimerie Floch.
Impression Novoprint
à Barcelone, le 20 février 2010.
Dépôt légal : février 2010.

ISBN 978-2-07-041556-4/Imprimé en Espagne